그날들

그날들

초판 1쇄 인쇄 · 2024년 8월 3일
초판 1쇄 발행 · 2024년 8월 10일

지은이 · 심영의
펴낸이 · 한봉숙
펴낸곳 · 푸른사상사

주간 · 맹문재 | 편집 · 지순이 | 교정 · 김수란, 노현정 | 마케팅 · 한정규
등록 · 1999년 7월 8일 제2-2876호
주소 · 경기도 파주시 회동길 337-16 푸른사상사
전화 · 031) 955-9111(2) | 팩스 · 031) 955-9114
이메일 · prun21c@hanmail.net
홈페이지 · http://www.prun21c.com

ISBN 979-11-308-2164-1   03810
값 17,000원

이 책은 2024년 광주광역시 광주문화재단의
지역문화예술육성지원사업으로 지원받아 발간되었습니다.

59
푸른사상
소설선

누군가는 잊기를 바라지만 누군가에게는 잊히지 않는

그날들

심영의 소설집

차례

5

꽃도 십자가도 없는

꽃도 십자가도 없는

야만의 시대

전쟁이 끝나고 몇 년 후, 1956년 황해도. 당시 열아홉 살이던 김 아무개 씨가 공군 북파공작원들에게 납치돼 억류된 뒤 한국에서 살아왔다고, 66년 만에 진실화해위원회로부터 피해 사실을 공식 인정받았다고, 그런데 정부에서는 아직도 오불관언이라고, 수해 현장을 중계하는 방송 뉴스 끝에 그런 소식이 껴 있었다. 나는 현기증이 일어 기대고 있던 소파에 모로 누워 눈을 감았다. 황해도라면, 남편의 고향 아닌가.

생전에 그렇게 가고 싶어 하던 고향, 명절이 되면 모친과 형제들이 보고 싶어 울음을 삼키던 그이의 고향 아닌가. 납치 피해자인, 이제는 내 나이와 엇비슷한 85세의 노인이 된 김 아무개 씨도, "밤을 뜬눈으로 지날 때가 있어요. 북에 있는 가족들을 생각하기 시작하면 지금도 밤에 깊은 잠을 자지 못해요."라고 눈시울을 적신다. 그는 황해도 용연군 용연읍 바닷가 인근 외딴집에 어머니, 여동생 네 명과 함께 살고 있었다고 했다.

"그해 10월 10일 밤, 총을 든 낯선 남자 셋이 우리 집에 들어왔어요. 소리도 없이. 그들은 마침 어머니가 일을 마치고 아직 집에 돌아오기 전이었는데, 어른들이 있는지 물어보더니 밖으로 나만 따로 불러냈어요. 두려웠지만 그보다는 여동생들이 화를 입을까봐 순순히 그들을 따라나섰지요. 어쩔 수 없었어요. 누구에게라도 도움을 청할 그럴 사정이 아니었으니까요. 가족들과의 생이별은 그렇게 시작됐고요."

남편은 전쟁 중에 홀로 남으로 내려왔다고 했다. 형제가 넷이었는데 그이는 셋째라 했고, 왜 그 자신만 혼자 남으로 내려왔는지는 그 까닭을 언젠가 말을 했었나 안 했었나, 잘 모르겠다. 그래도 가끔 남과 북 사이에 사람들이 왔다 갔다 하고 무언가 일이 이루어질 것 같은 분위기가 쓸데없이 고조되곤 할 때마다, 통일되면 신발 벗어 던지고 춤추듯 훨훨 날아 고향에 가겠다고 말하곤 했다. 그럴 때면 영락없는 10대 소년의 얼굴이었다. 그런 남편은 이제 꿈조차 온전하게 꾸지 못하고 어딘가에 버려진 채로 누워 있을 것이다. 아니, 그 시신의 모양이 너무 처참해서 바로 화장을 했으나 군에 간 둘째가 돌아와 엎드려 절할 아비 무덤 하나가 없으면 어쩌겠느냐는 형부의 말이 그렇겠다 싶었다. 형부네 밭 어딘가에 자그마한 무덤을 만들었고 거기에 매장을 했다. 그런데 나는 서너 번 가고는 그 뒤로는 가보지 않아서 이제 그 무덤이 어디에 있는지조차 알지 못한다. 남편은 그런 나를 얼마나 원망했을까. 어쩌자고 나는 그리 무심했을까.

중부지방에 폭우가 쏟아져 물난리가 나고, 여럿이 목숨을 잃고, 장마전선은 이제 남해안 일대에 물 폭탄을 퍼붓고 있다. 어선들은 서둘러 포구로 돌아왔다 하고, 큰아이에게서는 걱정하지 마시라는 전화가 왔었다. 암만, 큰아이 걱정은 안 하지. 워낙 여문 아이라서.

몇 번 망설이다가 큰아이에게 전화를 넣었다. 둘째와 막내 딸아이는 그래도 고등학교까지는 공부를 마쳤는데, 큰아이는 공부를 가르치지 못해서 그게 늘 마음에 걸렸다. 어쩔 수 없기는 했다. 55부대라고 지금 마산 세관 자리에 미군 부대가 있었다. 남편은 부대 안의 허드렛일을 하면서 입에 풀칠을 하고 살았던 모양이었다. 홀몸으로 월남을 했으니 가족도 친구도 없고, 배운 것도 특별한 기술도 없었으니 다른 방법은 없었을 것이다. 나도 마산의 가난한 집안에서 태어나 마을 친구들 대부분이 그랬듯이 일찌감치 근동에서 제일 큰 섬유회사인 한일합섬 공장에 다녔다. 남편은 가진 것 하나 없었으나 선량해 보였고, 그래서 그가 사실 어떤 삶의 내력을 지녔는지 충분히 알지 못했으나 부부의 인연을 맺었다.

남편은 미군 부대에서 나와 작은 쌀 소매상을 했으나 잘되지 않았고, 나는 생산라인에서 회사 구내식당으로 옮겨서 일했다. 일은 더 고됐으나 수입은 좀 더 나았기 때문이었다. 큰아이는 초등학교만 겨우 마쳤다. 나중에 둘째와 막내딸은 그래도 고등학교까지 보냈고 그 아이들은 결혼을 해서 아이들도 있으나 큰아이는 아직 혼자인 것도 마음에 걸린다. 그래도 아이는 가타부타 내색하지 않고 처음에는 이발소에, 나중엔 양복점에 다니다 오래전부터 고깃배를 탄다. 동생들을 아비 대신 건사하고, 어미에게 큰 소리 한번 낸 적 없다. 장하고 고맙고 미안한 일이다.

"아야, 종수야. 비 그치고 나면 네 아버지 무덤이랑 좀 찾아보면 어떻겠니?" 나는 조심스레 전화기 건너 아이의 반응을 기다린다. 꼴깍, 마른침이 넘어간다. 명절 때면 간소한 제사상이야 차리지만 제 아비 무덤조차 어디에 있는지 그만 잊어버렸다는 말을 차마 하지 못했다. 아이들은 나이가 들어 누가 말하지 않아도 사실을 알게 됐었다. 나는 가끔 스스로 책망하기를, 정말 어쩌자고 남편의 무덤 자리 하나를 제대로 챙기지 못했는지 그것을 모르겠는 것이다. 어차피 그리된 몸, 쉬 잊어버리자고 그랬던 것일까, 하긴 그 일 후로 광주에서는 군인들이 사람들을 잔혹하게 죽였다고도 하고, 그게 아니라 나쁜 마음 가진 사람들이 예전 전쟁 때마냥 총을 나눠 들고 다니며 사방에 불을 지르고 폭동을 일으켰다고, 그 동네 방직공장에 원단 싣고 갔던 경상도 화물차를 보이는 족족 불을 지르고 운전사를 두들겨 팼다고 그런 흉흉한 소문이 돌았다.

남편이 그날 왜 난데없이 죽었는지 아무도 가르쳐주지 않았고 오히려 그걸 묻고 다니는 나를 경계하기도 했다. 어쩌면 그래서였을 것이다. 무언가 장한 일을 하다가 목숨을 잃은 게 아니라는 그런 눈들이 나를 가위눌리게 했을 터였다. 아니면 아이들 건사하면서 하루하루 살아가기가 너무나 고된 까닭에 다른 일엔 돌아볼 여유가 없었던 것일까. 아니 어쩌면 왜 그렇게 갑작스레 죽어서 나 혼자 아이들 셋 키우며 온갖 고생 하게 했느냐는 원망 때문이었을까.

1979년 10월 18일 아침, 여느 때처럼 남편은 출근한다고 집을 나섰으나 그것이 마지막으로, 그이는 살아서는 집으로 돌아오지 못했다. 사망했다는 날로부터 15일이 지나서야 시신을 확인하라는 경찰의 연락을 받았었다. 그때 남편의 나이 쉰둘, 나는 마흔다섯 살이었다. 남편을 스무 살에 만나 스물한 살에 첫 아이를 낳고 둘째하고는 두 살 터울이고 그 밑에는 세 살 터울로, 아들 둘에 막내가 딸이다. 큰애가 그때의 내 나이를 훌쩍 넘을 만큼 세월이 지났으니 그날 아침의 남편 얼굴도 이젠 가물가물하다. 어딘가에 매장되어 있을 남편의 시신을 이제라도 제대로 수습해주었으면 여한이 없겠다. 큰아이는 내 말에 별다른 반응이 없다. 왜 이제야 그런 생각을 하게 됐느냐고 책망이라도 했으면 내가 덜 미안할 텐데, 나는 자꾸만 몸이 작아지는 것만 같다. 작아지고 더 작아져서 마침내 한 줌 흙으로 흘러내려 사람들에게서 잊힐 수 있으면 좋으련만. 나는 큰아이에게 마음속의 말을 하기로 한다.

"아야, 종수야. 내 보니까, 뉴스에 그렇더라. 아주 늦었으나 다행인 일이 더러 있기도 하니까, 억울하게 죽은 내 남편 유영준 씨도 그리할 수 있으면 이제라도 그래도 덜 억울하지 않겠나?" 그리 말해놓고 나는 깜짝 놀랍고 또 민망해진다. 내 남편 유영준 씨라니. 그이의 이름마저 잊은 줄 알았는데, 이름은 또렷하게 기억하고 있었구나. 그리고 아들에게 내 남편 유영준 씨라니.

광복절을 맞아 대한민국 임시정부의 항일독립군인 한국광복군 대원 열일곱 명의 유해가 광복 77년 만에 서울 현충원으로 옮겨졌다고, 이들 대부분은 후손이 없어 국립묘지에 안장되지 못하고 수유리 합동묘지에 안치됐었는데, 이제라도 현충원으로 이장되어 먼저 현충원에 묻힌 마흔한 명의 동료들과도 재회했다고, 뉴스에 안 그러나? 그만큼 세월이 흘렀고, 그때는 다들 쉬쉬했지만 언젠가부터 나라의 민주주의를 위한 헌신이니 희생이니 하고 기리고 있으니 이제 너희들 아버지의 억울한 죽음도 사실을 밝히고 무덤에 꽃 한 다발이나 나무 십자가 하나라도 드려야 하지 않겠나? 큰아이는 아무 말 없이 전화를 끊는다. 나는 끝내 흐느껴 울음 운다. 도통 말이 없었을 뿐 왜 내게 원망이 남아 있지 않겠나. 아이는 어릴 때부터 평생을 궂은일만 하며 아무에게서도 대접받지 못하고 살았다. 직업에 귀천은 없다고 노동은 신성하다고 귀신 씻나락 까먹는 소리를 가끔 하지만 위로가 되지 않았을 것이다. 내 아이에게 미안하고 죄스러워 나는 오랜 시간 홀로 흐느끼다 지쳐 나도 모르게 설핏 잠이 든다. 어둡고 습하고 거친 흙 속에서 온몸에 시퍼렇고 붉은 멍이 든, 두개골은 으깨어지고 한쪽 눈은 어디로 사라져버린 남편이 허공에 팔을 내저으며 나를 좀 꺼내달라고 울부짖는 소리가 들린다. 임자, 나 좀 꺼내줘, 너무 추워, 배고파. 그리고 너무 아파, 머리가 온몸이 너무 아파 견딜 수가 없어.

내 삶과 무관한 일이 없으니

아내는 형부네 밭 어딘가에 자그마한 무덤을 만들어 급히 화장한 내 몸을 매장한 것으로 알고 있는 모양이다. 밭이라기보다는 산기슭에 딸린 임자 없는 묵정밭 한구석에 봉분을 만들지 않고 평평하게 매장했었다. 곡식을 갈지 않고 오래 버려두어 거칠어진 밭이라 땅을 깊이 파기도 수월치 않았던 데다가 내가 목숨을 잃은 까닭이 나랏일에 무람없이 끼어들었기 때문인 터라 쉬쉬했던 당시의 분위기도 한몫했다. 아무래도 상관없고, 그 후 내 무덤에 서너 번 온 것으로 나를 아예 잊었나 싶었어도 조금도 서운하지 않았다. 아이 셋을 아내에게 떠맡기고 느닷없이 먼저 세상을 떠나온 것이 아내에게 늘 미안한 일이었다. 살아생전에 변변한 가족 나들이 한번 제대로 하지 못할 만큼 우리는 가난했다. 워낙 가진 것 하나 없이 출발했으니 그것은 어쩔 도리가 없었다. 그래서 하루도 쉬지 않고 몸이 망가져가는 것을 괘념치 않고 일을 했으나 집 한 칸 장만하지 못하고 남의 집 더부살이 신세를 면하지 못했다. 아이들이 건강하게 잘 자라고 있어서 그것만이 다행이었다. 세상을 원망할 마음의 여유도 없었고 다만 주어진 생을 수락하고 묵묵하게 하루하루를 이어나가는 것이 내가 삶을 견디는 방식이었다.

다만 그날, 내가 순식간에 죽던 날, 1979년 10월 18일 저녁의 풍경을 잊을 수 없다. 나는 여느 때처럼 봉암동 수출자유지역 내에 있는 공장에 출근하기 위해 총총거리며, 이른 시각에 버스에 탔다. 이삼 일 전부터 부산에서는 난리가 났다는 소문이 돌았고, 주로 대학생들과 젊은 사람들이 파출소와 경찰서, 도청과 세무서와 방송국 등을 공격하고 불을 질렀다고 했다. 살기도 힘든데 대체 뭔 일인가 했다. 전쟁이 한창이던 때 고향인 황해도 해주에서도 많은 인명이 억울하게 죽었다.

인천상륙작전으로 미군이 북한 지역으로 밀고 올라오자 퇴각하던 북한군은 성향이 불량하다고 분류해두었던 사람들 천여 명을 독살하거나 우물에 집어 던진 다음 돌멩이로 마구 때려 죽이거나 불에 태워 죽였다. 소문에는 북한군이 아니라 그들의 군복을 입은 다른 이들의 만행이었다고도 했다. 자본과 권력의 억압으로부터 해방된 사회주의 국가 건설을 목표로 내걸고 다 함께 잘살자는 구호를 외쳤던 그들이 설마 그런 천벌을 받을 짓을 저질렀겠느냐고도 했다. 아무래도 상관없었다. 사람들의 목숨을 무참하게 살해한 자들이 누군들, 그들이 내세운 구호가 무엇인들

나는 상관없었다. 두렵고 끔찍한 지옥에서 다만 살아남는 것만이 그때 내가 할 수 있는 일이었다. 오래전 일이 불현듯 떠오른 까닭은 부산에서도 마산에서도 학생들과 시민들이 거리로 나와 정부를 향해 물러가라고 격렬한 시위를 했다는 소문을 들은 탓이었다. 조만간 피바람이 불겠구나. 나는 직감적으로 두려운 마음이 들었다.

아내에게 그 참상에 대해서 말하지 않았고 말할 수 없었으나, 나는 그 지옥에서 겨우 살아남았고 다시 남하하는 국군을 따라 남쪽으로 내려왔다. 어머니와 동생들의 생사는 알 수 없다. 혼자서라도 다만 나라도 살아야겠다는 생각으로 아비규환의 혼란 속에서 나는 뒤를 돌아보지 않고 밤새 길을 달려 나왔으니까. 그것은 어쩔 수 없는 일이었다. 어쩔 수 없는 일들. 내 힘이나 의지로는 어찌할 수 없는 일들. 그렇게 살아남은 일도 그러했다. 아내가 가끔 북한의 가족들을 궁금해할 때, 어떻게 혼자 남으로 왔느냐고 물을 때, 나는 무어라 대답했을까.

아, 지금 내가 하고 싶은 이야기는 그게 아니다. 공장에 출근하기 위해 버스를 타고 가던 길에 라디오를 통해 전해 들은 이야기들, 부산에서 데모대가 공공기관을 습격해서 불을 지르고 군대가 출동해서 저들을 진압하고 그래서 부산에서 난리가 났다는 소식을 들을 때. 그 순간에. 나는 오래전 고향 해주에서의 비극을 떠올리고는 다 잊었다고 여겨졌던 공포와 불안이 갑자기 내 몸에 엄습했던 일을 말하고 싶은 것이다. 아내는 내가 왜 무참하게 죽었는지 알지 못하고, 사실 나도 왜 그렇게 순식간에 내가 죽어버렸는지 모두지 이해되지 않은 까닭에.

그러니까 그날 18일, 마산에서도 난리가 났다. 대학생 아이들이 먼저 들고일어났다고 했다. 창원시청 3·15의거기념탑 앞으로 집결한 대학생들은 곤봉으로 무장한 경찰들에 맞서 투석전을 벌이다가 근처 남성동 파출소를 공격했다. 시위대에 시민들까지 합세하자 그 숫자가 늘어났고, 경찰은 최루탄을 발사하면서 저지하려 했으나 역부족이었다. 시위대는 오동 다리 위에 세워진 경찰 트럭 한 대를 밀어 하천에 빠뜨렸고 민주공화당 사무실에 들어가 기물을 부수기도 했다.

나는 본래 일이 끝나면 동료 작업자들과 어울리는 대신 곧장 집으로 돌아가는 사람이었다. 술을 입에 대지 않았고 다른 사람들에게 신세 지는 것을 바라지 않았다. 내 주머니가 가벼운 탓에 다른 사람들에게 소주 한잔 대접해주지도 못했다. 집에 돌아가 아내가 차려준 저녁을 먹고 아이들과 소소한 이야기를 나누며 아무 탈 없이 하루를 마감하는 것이 내 일과였다.

그런데 그날만은 평소와 달랐다. 시내에서 학생들과 시민들이 데모를 한다고, 우리도 나가봐야 하지 않겠느냐고 부추기는 사람들을 뿌리치지 못하고 나는 그날 불종 거리 희다방 앞 사거리까지 걸음을 했다. 그게 문제였다. 비가 부슬부슬 내리는 가운데 경찰과 시위대는 백 미터를 사이에 두고 대치했다. 학생들은 "백두산의 푸른 정기 이 땅을 수호하고, 한라산의 높은 기상 이 겨레 지켜왔네"로 시작하는, 〈나의 조국〉을 불렀고, 경찰은 "무찌르자 오랑캐 몇백만이냐 대한 남아 가는데 초개로구나"로 시작하는 노래 〈무찌르자 오랑캐〉를 부르면서 대응했다.

나는, 그들과 섞이지 않으면서도 그들이 부르는 노래들을 가만 가만 따라 불러보았다. 백두산의 푸른 정기도, 대한 남아도 쉽게 따라부를 수 있는 중독성 있는 노래였다. 백두산의 푸른 정기로 오랑캐를 무찌르면 되지 않을까, 그런 실없는 생각을 잠깐 하는 사이 시위대와 경찰은 노래를 멈추고 서로를 향해 돌팔매질과 최루탄을 격렬하게 주고받았다. 돌팔매를 맞고 비명을 지르거나 쓰러지는 사람은 없었으나 최루탄을 다급하게 피하느라 발자국 내달리는 소리가 어지러웠다. 나도 캑캑거리며 시위대 뒤꽁무니에 붙어 멀찌감치 달아났다가 그들이 다시 대열을 정비할 때 나도 모르게 그들 사이에 껴 있었다.

피곤이 몰려왔고 배도 고팠으며, 무엇보다 모든 것이 나와는 무관했으며 자칫 위험해질 수도 있다는 걱정이 들었다. 그러나 집으로 돌아갈 교통편이 마땅치 않은 데다 알 수 없는 어떤 기운이 나를 그 자리에 붙들어 매고 있는 듯한 느낌이었다. 그것은 아마도 고향 해주의 악몽과 무관하지 않았으리라. 그때 나는 아비규환 속에서 가족들의 안위보다는 내 생명을 무엇보다 우선해서 지켜야 한다는 본능에만 충실했다. 뒤를 돌아볼 한 치의 여유도 없이 무차별적인 총격이 가해지고 화염이 솟는 집과 마을에서 도망쳐 나왔다. 어쩔 수 없었다고 나는 늘 자신을 다독였으나 가족을,

동생들을 사지에 버려둔 채 혼자 살아남았다는 생각은 두고두고 내 양심을 대바늘로 쿡쿡 찔러댔다. 물론 시위대가 외치는 독재 타도라거나 민주주의 회복이나 그런 구호는 정말 내 삶과 무관한 일이었다. 나는 먹고살아가야 할 일 말고는 관심 없는 사람이었다. 삶이 평온하기만 하다면, 나와 우리 가족의 일상을 뒤흔들지만 않는다면 상관없었다. 저 시위대의 외침은, 그런데 왜 나를 그 자리에 붙박이게 했을까.

그날 밤, 10월 18일 밤 아홉 시 조금 넘어 시위대는 남성동 파출소를 다시 습격해 경찰에 붙잡혀 있던 시위대 20여 명을 구출했다. 나도 처음으로 힘을 보탰다. 내가 구하지 못했던 가족들을 구해낸다는 마음이었을까. 까닭 모르게 뿌듯했다. 인도에서 구경하던 사람들이 박수와 환호를 보내자 마치 내가 무언가를 이루었다는 생각이 들기도 했다. 잘은 모르겠으나 무언가, 살아가면서 가치 있다고 여길 만한 어떤 일 같은 것. 시내 곳곳에서 경찰 저지선이 무너졌다. 밤 열 시가 넘자 드디어 공수부대 병력이 탱크를 앞세워 완전무장을 한 채 시내 곳곳에 진출했다. 자정은 통금이었으므로 나는 문득 집으로 돌아가야 한다고, 더 늦기 전에 그래야만 할 텐데 하고 생각했다.

나는 어쩌면 그 시각 극심한 혼란 속에서 누군가가 사정없이 내리치는 몽둥이가 두개골을 강타하는 것을 느낄 틈도 없이 도로 바닥에 쓰러졌을 것이다. 새한자동차 영업소 앞길이었을 것이다. 손이 닿을 듯한 가까운 거리에서 시위대와 경찰이 뒤엉켜 있었고

캄캄한 밤이었으므로 내가 도로 바닥에 쓰러진 것을 목격한 이는 아무도 없었을 것이다. 아니면 쫓고 쫓기는 급한 상황 속에서 누구 한 사람 쓰러지는 것은 대수롭지 않을 일이기도 했을 것이다. 그 밤 나는 순식간에 죽었다. 두개골이 으깨지고 몸 구석구석이 피멍이 든 채, 내 영혼은 순식간에 내 몸을 떠나고 말았다.

내 아이들에게는 내가 갖지 못한 것, 내가 꿈조차 꿀 수 없었던 것, 이를테면 나처럼 평범한 직업, 누구에게라도 대접받지 못하고 일한 대가를 온전하게 돌려받지 못하고 그래도 불평을 마음속으로 삭인 채 아무렇지도 않은 듯 살아가는 구차한 삶 말고 괜찮은 직업을 갖게 해주고 싶었다. 그래서 세상은 살 만한 가치가 있다고 스스로 행복한 마음을 갖게 해주고 싶었는데, 아이들 얼굴 한번 쓰다듬을 찰나의 순간도 허락되지 않은 채 까닭을 알지 못한 채 죽어버린 일이 가장 마음 아픈 일이다.

아내는 내가 가끔 휴전선 넘어 고향에 갈 수만 있으면 좋겠다고 했던 말을 그대로 믿은 모양이다. 그러나 나는 결코 고향에 가보고 싶지 않았다. 말은 그렇게 했어도 한번 도망쳐 온 곳에, 가족과 이웃이 비명을 지르며 죽어가고 있어도 나만 살겠다고 도망쳐 온 곳에 다시 가고 싶은 마음은 없었다. 두려움과 죄의식이 내 안의 나를 비웃곤 했으니까. 다만 죽었어도 나는 아내와 아이들을 지켜보고 그들의 말을 듣기는 하지만 손을 내밀어 따뜻한 체온을 나누거나 내 말을 전할 수 없으니 그게 더 답답한 노릇이다.

아무도 기억하지 않는 죽음

광복절을 맞아 대한민국 임시정부의 항일독립군인 한국광복군 대원 열일곱 명의 유해가 광복 77년 만에 서울 현충원으로 옮겨졌다는 뉴스를 나도 보아 알고 있었다. 그분들에겐 가족이 없었다고 했다. 가족을 돌보거나 가정을 이룰 여유도 없이 나라를 되찾겠다는 일념으로 목숨을 내놓고 싸웠던 분들의 유해가 늦게라도 제자리를 찾아갔으니 참 다행이구나 싶었다. 그런데 갑자기 어머니의 전화를 받고 나는 온몸이 고압 전류에 감전된 듯한 느낌이었다. 아야, 종수야, 종수야 하고 어머니가 부르는데도 아무 말을 할 수가 없었다. 아버지의 무덤을 찾아보자니, 내 아버지는 어떻게 되었나, 문득 그런 생각이 내 정신을 후려쳤다.

1979년 10월에 나는 20대 초반의 나이였는데, 집 가까운 양복점에서 '시다'로 일했다. 재봉틀을 이용해서 바지의 밑단 올이 풀리지 않게 마감 처리하는 일을 하고 완성된 바지를 반듯하게 다림질을 했다. 가끔 바지를 태워 먹기도 했고 손톱에 재봉틀 바늘이 박히기도 했다. 나는 그런 종류의 기술을 익히는 데 몹시 서툴렀다.

아버지가 소개해준 양복점 주인은 내게 자주 눈치를 주었다. 그 이전에는 이발소에 다녔다. 초등학교를 마치고 상급학교에 진학하는 대신 찾은 첫 밥벌이였다. 몇 년 동안 '꼬마'라고 부르는, 머리 감기는 일을 했다. 나로서는 다 컸다고 생각했는데 모두 내게

'꼬마'라고 불렀다. 다른 무엇보다 그 말이 너무 듣기 싫어 몇 번이나 그만두고 싶었으나 아버지나 어머니 모두 하루도 쉬지 않고 일을 했어도 우리 집은 너무나 가난했다. 동생 둘은 끝까지 공부를 가르쳐서 나처럼 비천한 일로 젊은 시절을 우울하게 보내지 않도록 해야겠다는 생각으로 참았다. 나이로는 꽃다운 시절이었으나 나와는 무관했다.

그 시절엔 젊은이들 사이에서 장발이 유행이었다. 이발 손님들 머리를 감기는 일은 고되고 힘들었다. 장발 속에 손가락을 넣어 거품을 일으키고 거듭 문질러 머릿속에 남아 있는 비듬을 말끔하게 제거해내는 일이란 쉽게 되는 일이 아니었다. 겨울에는 난로에 물을 데워서 그것을 찬물과 섞어 머리 감는 물로 써야 했는데, 손님이 많은 일요일엔 늘 온수가 부족했다. 양잿물이 들어간 세탁비누로 종일 머리를 감기고 나면 손가락 사이에 하얗게 양잿물 자국이 남았고 나중엔 가려움증이 심해서 더는 일을 계속할 수 없었다. 이발 기술이라도 배워보려는 갸륵한 시도는 아무 보람도 얻지 못한 채 그렇게 끝났었다.

그 무렵 1979년 10월 18일, 저녁 무렵에 다른 데 가지 않고 항상 집으로 돌아와 저녁을 드시곤 하는 아버지가 통금을 넘기도록 귀가하지 않았다. 전화도 없던 시절이라 어디에 물을 수도 없어서 밤을 꼬박 지내고 난 다음 날 나는 양복점에 나가는 대신 아버지가 다니는 공장에 가보았으나 아무도 아버지의 소식을 알지 못했다. 출근하던 어머니는 새한자동차 영업소 앞길에 거적으로 뭔가를 덮어둔 것을 얼핏 보기는 했다고, 혹시나 몰라 마산경찰서에 들러보았으나 아무 소식을 듣지 못했다고 했다. 그러는 사이 '부마사태'로 여러 곳의 공공건물이 불타고 시위대는 체포되고 사람들 여럿이 죽기도 했다는 소문이 사람들의 입을 타고 도시 전체에 퍼졌다.

그렇게 걱정 속에서 허둥대며 의료원과 시청을 다니며 백방으로 아버지의 소식을 수소문했으나 성과가 없었다. 대체 출근길에 나섰던 아버지는 어디로 사라진 것일까. 아버지는 전쟁 중에 홀로 남으로 내려왔다고 했다. 배운 것도 없고, 가진 것이 없었기에 막노동을 하면서 연명했다. 나를 포함해서 아이들 셋을 낳았다. 부모님을 원망하지는 않았다. 주변엔 다들 가난한 사람들 천지였다. 다만 중학교에 진학하지 못하고 미천한 일로 하루 삶을 받으며 내 삶이라는 것을 시작할 무렵 다소 막연하기는 했지만 나는 무책임하게 결혼을 하고 가정을 꾸리지는 않겠다는 결심 비슷한 것을 했다. 어머니는 홀로 되신 후에도 쉼 없는 노동으로 자식들의 생계를 돌봤으나 언제나 힘에 부쳤다. 나는 그것을 잘 알았기에 아버지의 무덤을 돌보지 않은 것에 대해서도 달리 원망하지 않았다. 그런데 갑자기, 이제 와 아버지의 무덤을 찾아보는 게 어떻겠니, 하고 묻다니.

아버지의 행방이 오리무중이고 우리는 걱정근심을 넘어 무언가 사달이 났다고 짐작하고 있을 때, 아버지가 귀가하지 않은 날로부터 보름이 지나서 동네 파출소에서 사람이 왔다. 시신을 확인하라는 것이었다. 나는 어머니와 함께 경찰서 마당 구석진 곳에 거적으로 덮여 있는 처참한 모양의 아버지 시신을 보았다. 거기 차마 사람의 것이라고 할 수 없는 짓이겨지고 파헤쳐진 아버지의 해부된 시신이 아무렇게나 놓여 있었다. 어머니는 바로 실신을 했고, 나는 숨이 턱 막혀서 아무 말을 하지 못하고 서 있었다. 아버지의 시신을 화장했다. 그런 모습으로 매장하는 것은 돌아가신 아버지에게도 참을 수 없는 고통일 것으로 생각했기 때문이었다. 경찰이나 시 당국에서는 아버지의 죽음에 대해 아무런 설명을 하지 않았다. 잘 모르겠다고, 시신이 발견되어서 확인하다가 신원을 특정했을 뿐이라고만 했다. 부산과 마산에서 일어났던 데모와 상관이 있는지 없는지 그것도 알 수 없다고 고개를 저었다.

이모부의 말씀에 따라 묵정밭 어딘가에 가묘를 쓰고 화장한 아버지의 시신을 거두었다. 명절 때 서너 번 찾아가 인사를 드렸다. 어머니는 이제는 찾아오지 않겠다고, 다 부질없다고 고개를 저었다. 그즈음 나는 고깃배를 탔다. 고된 일이었으나 이발소나 양복점에서 허드렛일을 하면서 무시당하는 시간보다는 훨씬 보람이었다. 항상 그런 것도 아니고 잡아들인 고기가 내 것도 아니었으나 그물은 대체로 정직했다. 던진 만큼 거둬들였다. 나는 차츰 아버지를 잊었다. 아버지를 공원 묘역으로 이장하지 않고 가묘 상태로 그대로 둔 데 대해 나중에 생각해보니 왜 그랬을까 의아하기도 했으나 어머니가 그랬던 것처럼 나도 그 까닭을 다 설명하기가 쉽지 않다. 이모부도 진즉에 작고하셨고 얼마 되지 않은 밭도 팔아버렸다 했으므로 오랫동안 가보지 않았던 아버지의 가묘는 이제 어디에 어떤 모양으로 방치되어 있는지 모른다. 이제라도 찾아가보지 않겠느냐는 어머니의 말에 아무런 답을 하지 않은 까닭이 그랬다.

나라에 대든 폭도들이 잡혀가고 재판을 받고 감옥살이를 했으며 오랜 시간이 지나 그것이 민주주의를 위한 의로운 행위였다고 새로운 의미를 얻을 때도 나는 아버지의 죽음과는 무관하다고 여겼다. 어머니도 그랬겠지만 나도 하루하루의 삶에 급급했다. 그것이 아버지의 무덤이 지금 어디에 있는지조차 알지 못하는 데 대한 변명이 될 수 있을까. 아버지는 가난하기 이를 데 없었으나 자식들과 늘 함께 시간을 보냈다. 내 어린 시절의 기억이 또렷하다. 아버지는 약주를 즐겨 하지 않았고 심지어 친구들과 함께 산에 가거나 대부분이 그랬듯이 화투로 남은 시간을 소일하는 그런 분이 아니었다. 출근해서 일하고 퇴근해서는 자식들과 함께했다. 세상일에도 그다지 관심이 있는 것 같지 않았다. 그런 아버지의 황망한 죽음은 시간이 지남에 따라 천천히 우리의 기억에서 희미해졌다. 그런데 느닷없이 아버지의 가묘를 찾아보자는 어머니의 말은 어쩌면 어머니의 생이 막바지에 이른 탓은 아닐까 나는 갑자기 그런 무섬증이 들었다. 아버지에 이어 어머니도 세상을 뜨는구나, 싶어서 나는 잠시 망연해졌다. 어머니의 연세도 구순을 바라보고 있었다.

그동안 아버지의 무덤을 수소문하지 않은 것은 아니었다. 어머니에게 따로 말을 하지는 않았으나 고깃배가 포구에 들어오고 다음 출어 때까지 며칠 동안 여유가 생겼을 때 나는 틈틈이 아버지가 묻혀 있던 이모부의 묵정밭을 어림짐작으로 찾아가보곤 했다. 그러나 오랜 시간이 지나 묵정밭 주변엔 아파트 단지가 들어서고 시에서 운영하는 체육시설도 들어선 탓에 아버지가 묻혀 있을 법한 자리를 찾지 못했다.

그러는 사이 광주에서 억울한 죽임을 당한 사람들의 명예가 회복되고 국립묘지를 만들어 이장했다는 소식을 들었다. 마땅하고 좋은 일이었으나 그럴 때마다 내 아버지는 어떻게 되는가, 속이 탔다. 아무도 기억하지 않는 죽음이라니. 시청에 가서 아버지의 죽음이 1979년 부산과 마산에서의 시위와 관련이 있는지 캐묻고, 한참 나중에 생긴 기념재단에 찾아가 부탁도 여러 번 했다. 아버지의 죽음이 아무 연고도 없이, 아무런 의미도 없이, 쓸쓸하게 죽어간 노숙자의 그것과 다르지 않다면 그때 아버지 몸의 상처는 다 무엇이란 말인가. 나는 거듭거듭 하소연하고 묻고 따졌다.

꽃 한 다발 십자가 하나라도

어머니는 내가 집에 들어서기 전에 동생들 품에서 임종하셨다. 그나마 다행이라고 나는 생각했다. 동생들은 왜 늦게 왔느냐고 눈물 가득한 눈으로 원망하듯 나를 쳐다보았으나 나는 가만히 무릎을 꿇고 어머니의 얼굴을 조심스레 만졌다. 구십 가까운 세월을 고생 많이 하셨어요, 어머니. 뜨거운 눈물 한 방울이 어머니의 주름지고 거친 얼굴 위로 떨어졌다.

조촐한 가족장을 치르는 동안, 해주에서 공군 북파공작원들에게 납치돼 억류된 뒤 한국에서 살아왔다는, 이제 어머니 연세 비슷한 노인 이야기가 다시 뉴스를 통해 전해지고 있었다. 그는 오랜 인고의 세월 동안 고향에 두고 온 가족을 늘 잊지 못했다고 울먹이고 있었다. 진실과 화해를 위한 특별조사위원회는 그가 납치되고 강제 노역에 젊음을 바치면서도 늘 북한과 연계되어 감시를 받아온 사실을 증명하려고 애를 썼으나 정부는 사실을 인정하지 않고 침묵했다. 그러나 북파공작원이었던 사람이 국가를 상대로 자신의 행위에 대한 보상을 신청했던 기록을 발견하고서 쾌재를 불렀다고 했다. 납치의 증거를 찾아낸 것이다. 삶 전체가 고난으로 점철됐지만 늦게라도 그의 억울함이 해소되기를 나는 기원했다. 마찬가지로 내 아버지의 무덤을 찾아 꽃한 다발 십자가 하나 바칠 수 있어야 하지 않겠나. 평범한 노동자였던 내 아버지의 죽음이 오랜 야만의 시간을 견디고 더 나은 세상을 만드는 데 한 줌 거름이 되었다는 것을 나는 깨닫는다. 암만.

나는 주먹을 불끈 쥐고 어머니의 장례식장을 나섰다. 동생들은 또 어디 가느냐고 불안한 눈짓을 보냈다. 어디 안 간다. 시청에, 안 되면 대통령이 있는 곳에. 가서, 내 아버지의 죽음에 대해 제

대로 말하라고, 이제라도 모든 것을 제자리에 돌려놓으라고, 그
렇게 해야 옳지 않겠느냐고 말하려고. 나는 고개를 가만 끄덕여
안심하라고 이른다. *

누가 남아 노래를 부를까

누가 남아 노래를 부를까

스물세 살[*]

사람들은, 40년의 시간이 지났다고들 한다. 벌써? 나는 화들짝 놀란 척한다. 그해 태어난 아이들은, 그 험한 시절에 차마 누가 태어나기라도 했을까 싶으면서도, 누군가는 죽고 누군가는 태어나게 마련이어서, 그게 자연의 이치이기도 해서, 누군가 태어났다면 40세가 되었겠다고, 나는 별다른 뜻 없이 그런 생각을 가끔 한다. 이를테면, 그해 40세였던 어머니는 80을 다 채우고 지난겨울, 오래 누워 계시던 요양병원에서 눈을 감았다. 코로나 바이러스가 확산하고 있어서 요양병원은 면회가 금지되었다는데, 그게 얼마나 다행이냐고 혼자 생각하는 식이다.

* 이은유, 「다시, 스물세 살」에는 "주머니에 가득가득 불안을 집어넣고 다니던 때, 사랑에 기대어도 사랑을 불신하던 때"라고 되어 있다.

그해 나는 겨우 스물세 살이었다. 군대에 다녀와서 복학을 하고 교지 편집 일을 맡아 하던 때였다. 그런 게 지금 내게 별 의미 있는 것은 아니지만, 40주년 특집 방송을 기획하고 있다는 지방 방송국 피디의 전화를 거절하고 나서 어림해보니 그랬구나, 그땐 그랬구나, 했던 것이다. 피디는 여자였는데, 하긴 남자거나 여자거나 그건 아무래도 상관없으나 아무튼 그는 나를 만나고 싶다는 누군가와의 만남을 주선하고 그와의 대담 비슷한 장면을 찍어 특집 방송으로 내보내고 싶다고 내 의향을 물었다.

　"그럴 마음 조금도 없어요." 나는 차갑게 전화를 끊었다. 그때 나는 하필, 하필일 것은 없고 그저 우연히 예전에 읽었던 이남희 소설「사십 세」를 다시 꺼내 읽고 있었다. 비대면 수업이 계속되고 있어서 나는 꼼짝없이 연구실에 갇힌 채 동영상 수업 자료를 만들고 그것을 시스템에 탑재하고 학생들의 수업 진도와 과제물을 점검하느라 허둥대고 있던 틈틈이 긴장과 피곤을 해소하기 위해 서가에 있는 책 중에서 눈에 띄는 대로 집어 읽고 있던 참이었다. 무료함과 피곤과 긴장 따위를 견디는 오랜 방식이었다.

　이남희 소설의 화자에게는 일주일에 한 번씩 항암치료를 받는 여든이 가까운 아버지가 있다. 그녀는 아버지의 병상을 지키다가 어느 날 문득 "나는 곧 40세가 된다. 이제는 고아가 된다고 해도 놀랍지 않은 나이다."라고 스스로에게 말한다. 그런데 그녀가 그렇게 말하게 된 까닭은 아버지가 곧 죽을지도 모른다는 데에 대한 충격 탓이라기보다는 영화 〈동사서독〉에서 왕가위가 배우의 입을 빌려 "나는 곧 40세가 된다."고 했던 말이 오랫동안 마음에 남아 있었기 때문이다. 그러니까 이남희 소설 「사십 세」의 화자는 그즈음 왕가위가 감독한 영화 〈동사서독〉을 보았는데, 영화는 무협영화라기보다는 시간의 풍화작용에 대해 말하고 있었다고, 기억하는 것이다. 시간은 우리의 사랑이나 증오, 기쁨과 슬픔 같은 것을 빛바래게 하고 낡게 만들며 종내는 모래 먼지로 사그라지게 한다고, 그녀는 생각하는 것이다. 그렇긴 하지. 지나고 보면 대부분의 일이 다만 사소한 것에 지나지 않는다는 것을 알게 되지. 나는 소설의 인물과 한마음이 되어 고개를 끄덕거린다.

"진영아, 넌 오늘 법원에 안 올 거지?" 시시각각 확진자의 동선을 알리는 재난 안내 문자에 뒤섞여 선배에게서 문자가 온다. 아무 대꾸가 없자 텔레비전 보면서 응원이라도 하라는 답이 온다. 응원이야 못 할 건 없지만 나는 별 흥미가 없다. 40주년 기념식이 열리기 한 달 전에 예전의 군인 통치자의 재판 기일이 잡혔고, 이번에는 그도 서울에서 오지 않을 도리가 없었던 모양이었다. 방청권을 얻지 못한 사람들이 법원 앞에 서 있다가 그를 향해서 당신들은 그날 왜 그렇게 무자비했느냐고, 왜 같은 국민을 향해 그처럼 무지막지한 폭력을 휘둘렀느냐고, 그것이 잘못된 일이었다고는 생각하지 않느냐고, 벌써 40년이 지났는데 뭐라고 한마디는 해야 하는 것 아니냐고, 그야 많은 기자들이 대신 묻긴 했으나, 그들은 그에게 비난을 퍼부었다. 그렇게 하는 것이 자신들의 의무인 것처럼 보였다. 마스크가 얼굴 절반을 가리고 있어서 누가 누구인지는 잘 알 수 없다. 정의를 외치는 자 모두가 반드시 정의로운 건 아니라고 나는 생각하는 것이어서 그들이 무얼 잘못한 것은 아니지만 흔연스레 응원하지도 않는다. 이제 다 늙은 예전의 군인 통치자는 불편한 기색을 감추지 않으며 차에 오른다.

법원은 예전에 도청이었던 곳 뒤편에 있다. 나는 마음으로만 옛 도청을 지나 법원으로 가는 시내버스를 탄다. 내가 스물셋이던 그날도 집에서 한참 걸어 나와 도청 앞으로 가는 버스를 탔었다. 아니 버스라기보다는, 그때는 버스가 운행을 멈추었기 때문에 아무 차나 얻어 탔을 것이다. 트럭인 것도 같고 빨간 불자동차를 탄 것도 같다. 아, 다른 건 몰라도 큰 트럭 하나는 불에 타 그을려 있었는데, 그 장면은 상기도 선연하다.

전남방직 근처 광주천 도로에 멈춰 서 있던 타다 만 트럭은 경남으로 시작하는 번호판을 달고 있었다. 어떤 정신 나간 자들이 트럭에 불을 질렀는지 모르지만, 아무튼 사람들 사이에서는 경상도 군인들이 전라도 사람들 씨를 말리러 왔다고, 그들에게 밥 대신 술을 잔뜩 먹이고 며칠 내내 잠을 재우지 않은 탓에 몽둥이를 마구 휘둘러대는 그들의 벌겋게 충혈된 눈들이 섬뜩했다고들 했다. 저 새끼들 모조리 잡아, 하고 외치는 그들의 쉿소리는 경상도 사투리가 틀림없었다고도 했고, 우리는 죽일 놈들! 하고 주먹을 쥐었다. 그러고선 온갖 차량에 사람들이 가득 타서 계엄을 철폐하라고, 김대중을 석방하라고 목청껏 외치고 함께 노래 부르고 거리를 질주하다가 시 외곽으로 달려나갔다. 그러다 필경 군인들의 사격을 받고 가슴에 검붉은 피를 토하며 죽었다.

그때 도청 바로 앞 금남로 1가 동구청 앞에서도, 방금 내가 자리를 잠깐 비켜섰을 때 내가 방금 서 있던 자리로 옮기던 어떤 중년 남자가 오른쪽 복부에 총을 맞고 쓰러져서 검붉은 피를 콸콸 흘렸다. 사람들은 그를 들고 뒷길에 있는 중앙안과로 급히 옮겼다. 쓰러져 누운 채로 그는 다리가 무겁다고 마구마구 소리를 질렀고, 집의 전화번호를 불러주었는데 나는 너무 무서워서 그를 계속 지켜볼 수가 없었다.

그날 밤 나는 교지편집부 선배들 두엇과 함께 도시를 빠져나갔다. 도시에서 가장 먼 곳으로, 몸을 숨길 수 있는 곳으로 가야 한다는 생각만이 가득했다. 도시에 남아 있으면 누구라도 언제든지 죽어 없어질 것만 같은 두려움이 엄습했다. 게다가 시위를 조직했던 총학은 물론 교지편집위원들도 진즉에 붙잡혀갔다. 집에도 두어 번 형사들이 와서 나를 찾았다고도 했다. 이 시국에 붙잡혀가면 목숨을 부지하기 힘들 것이었다. 그래도 나는 좀 순진했던 건지 어리바리했던 건지 역사적인 현장을 내 손으로 기록해야 한다는 생각으로 남아 있던 참이었다. 그러나 알지 못하는 누군가, 그저 시위를 엿보기만 하던 중년의 사내가 느닷없이 날아와 아랫배를 관통하는 군인의 총에 검붉은 피를 콸콸 흘리며 죽어가는 모습을 눈앞에서 목도하고 나자 나는 그제야 비로소 죽음의 공포와 생의 감각으로 몸서리를 쳤다.

40년

사람들은, 견뎌내다 보면 좋은 때도 온다고 말한다. "그렇지 않니? 정미야?" 40주년을 앞둔 며칠 전에, 그러니까 무려 40년이나 지나서야 국가기념일로 지정되었다는 저녁 뉴스를 보고 나는 아무런 느낌도 없었는데, 오랜만에 내게 전화를 걸어 온 대학 때 언니는 호들갑을 떨었다.

호들갑을 떨었다는 내 말을 듣기라도 하면 언니는 무척 마음이 상할 것이다. 나와 달리 언니는 기념사업인가 계승사업인가를 추진해야 한다는 뚜렷하면서도 그러나 무망한 일에 너무 오랫동안 매달려왔던 것이다. 그러니 언니들을 생각하면 나쁜 일은 아니었다. 전화기 너머의 언니는 이민족의 압제에서 풀려나 해방을 맞은 지사의 그것처럼이나 들떠 있었다.

감격스럽지 않니? 정미야? 무려 40년이나 지났어. 우린 할머니가 다 됐지. 그래도 괜찮아. 이제라도 우리들의 노력이 인정을 받게 되는 거야. 내가 전에 말했잖아. 기억하지 않으면 잊힌다. 기억하고 기념해야 계승할 수 있다. 그때 우리들의 희생이 너무 컸잖아? 얼마나 많은 사람들이 학교와 거리에서 두들겨 맞고 피를 흘리면서 질질 끌려갔었니? 모진 고문을 당하면서 우린 울부짖었어. 아니야, 아니라고, 우리는 간첩이 아니라고, 그저 유신 철폐 독재 타도를 외쳤을 뿐이라고, 그렇게 울부짖었어.

그랬을 것이다. 나는 그해, 스무 살의 경제학과 새내기였다. 좀 우습지만, 경제를 알아야 사람답게 살 수 있을 거라고 나는 믿었다. 마르크스가 『자본론』을 쓰고 있을 때 그의 어머니는 얘야, 자본론 말고 자본을 좀 벌어오면 좋지 않겠니? 했다는 우스갯말을 하면서 아빠는 내게 경제학과에 가서 공부하는 게 좋지 않겠느냐고 물었다. 사람답게 사는 게 중요하다, 사람답게 산다는 말은 의식주를 해결하는 데 불편을 느끼지 않을 정도의 경제력은 가져야 한다는 뜻이라고 아빠는 비장한 어조로 말씀하셨다.

부모님은 자식들 앞에서 당신들의 곤란을 결코 드러내지 않았으나 장녀였던 나는 아빠가 경영하는 중소 규모의 가구회사가 곤경에 빠졌다는 사실을 모르지 않았다. 납품 대금으로 받은 어음은 은행에서 지급 거절을 당하기 일쑤였고 사채시장에서는 어음 할인이 되지 않았다. 아빠의 회사에 부품을 대는 업자들과 회사의 노동자들이 집에까지 찾아와 밀린 대금을 갚으라고, 밀린 월급을 달라고 고래고래 소리를 질렀다. 배가 침몰하기 전에 쥐들이 먼저 알고 빠져나갈 궁리를 한다고 그러던데, 그래봐야 바다 위에서 저들의 목숨을 부지할 곳이 어디 있을까 싶지만, 돈을 쥐고 있던 사람들은 돈을 푸는 대신 빌려주었던 돈을 거둬들이고 있었다. 그런 데다 모든 상품과 용역에 십 퍼센트의 부가가치세를 부과하기 시작했다. 도시가 황폐해져가고 있는 데 고혈을 쥐어짠다고 사람들은 너나없이 화를 냈다. 그래서 선배들이 유신 철폐 독재 타도를 외칠 때 나는 부가세 철폐를 외치다가 눈총을 받기도 했다. 물론 넌 경제학과니까 하고 선배들은 이해해주었고

셀 수 없이 많은 사람들이 목에 굵은 핏줄이 선 채 외치는 구호 속에 나의 외침은 때로 갈채를 받기도 했다. 나는 충분하게는 알지 못했으나, 경제학과에 가면 경제적으로 좋은 일이 생길 거라고 믿었었다.

선배들을 도와 유인물을 등사하느라 동아리방에서 밤을 꼬박 세고 미명을 틈타 교문 밖으로 나가던 때 선배 몇은 사복 경찰들의 손아귀에 붙들려갔고, 나는 다람쥐처럼 재빠르게 뒷산을 돌아 빠져나갔다. 그러나 집으로 들어가진 못했는데, 아빠의 가구공장과 집이 누군가가 던진 화염병으로 모조리 불에 타 잿더미가 되어버렸기 때문이었다. 광복동 사거리에서 시위를 구경하던 평범한 시민들이 전투경찰이 마구 휘두른 몽둥이에 머리통이 깨지고 검붉은 피가 꾸역꾸역 흘러내리는 것을 본 사람들의 눈이 뒤집혔다고 그랬다. 사람들은 가까운 파출소와 세무서와 방송국들에 몰려가 화염병을 집어 던졌다. 그것은 마치 불놀이를 하듯 사람들을 환호케 했겠으나 하필 우리 집은 무슨 억하심정이 있다고 불을 질렀을까 원망이 가득했다. 아버지는 그 밤 불길을 잡다가 불에 타 죽었다. 우리 집에 화염병을 던진 자가 누구인지 밝혀지지 않았으나 엄마는 필경 밀린 임금을 내놓으라고 아빠의 멱살을 쥐고 흔들던 그자일 거라고 신음을 뱉듯 말했다. 우리 죄가 작지 않으니까, 하고 엄마는 넋이 나간 표정으로 말했다.

모든 게 싫었다. 나는 그날 이후 시위에 참여나 동조나 지지를 보내는 대신 죽은 듯 선배 언니의 작은 아파트에 웅크리고 있었다. 도살장으로 끌려가는 늙은 소의 표정을 한 채 엄마는 이모네 집으로 들어갔다. 마산으로까지 시위가 격화되고 시민들의 항의가 걷잡을 수 없는 지경이 되자 마침내 군대가 동원되었다는 뉴스를 들었다. 선배는 체포되었고, 끌려가서 끔찍한 고문을 받았다. 김영삼에게 얼마를 받았느냐고, 언제부터 빨갱이들과 어울렸느냐고 호통을 치는 자들에게 대꾸 대신 비웃음을 지었던 선배는 지나친 대가를 치러야 했다. 독재자가 죽었고 다시 새로운 군인 통치자가 등장했다. 수많은 사람들이 함께 외치고 수천 명이 붙잡혀가서 고통을 겪었으나 모든 것이 무위로 돌아간 것이다.

풀려난 후에도 선배 언니는 오랫동안 그들에게서 당했던 일들에 대해 침묵했다. 가끔 동공이 풀어졌고 고개를 가로저으며 울부짖기도 했다. 겨우내 선배는 정신병원에 입원해서 치료를 받아야 했다. 군대의 무자비한 진압을 지휘한 자는 나중에 군사정권을 물려받은 자였다. 그들은 부산과 마산을 겪은 후 한 가지 교훈을 얻은 듯했다. 그것은 처음부터 잔혹한 방법으로 시위를 진압해서 두려움을 갖게 한다는 것인 듯했다. 광주에서 그랬으니까. 선배는 그가 광주에서 끔찍한 일들을 벌였다는 것을 알고 난 후 그동안 침묵했던 일들에 대해 털어놓기 시작했다. 그놈들은 겨울인데도 욕조에 차가운 물을 가득 담아두고, 내게 그 안으로 들어가도록 강제했어. 물론 옷을 모두 벗게 하고선…….

배고픈다리[*]

40년 전, 그해 겨울은 유난히 춥고 눈이 많이 내렸다. 봄에 죽음을 피해 내게로 왔던, 물론 그것은 우연이었으나, 아무튼 그는 내게로 와서 새 생명이 내 몸 안에 자리 잡은 후 다시 왔던 곳으로 돌아갔다. 나는 겨우 스물한 살의 여학생이었고, 그도 나와 별다를 것 없는 복학생 신분으로, 게다가 당국에 쫓기고 있던 처지였으므로 잠시 숨어 지냈던 곳에서 오래 머물 수는 없었다. 그와 함께였던 두어 달은 내 청춘의 환희였고 '얼룩의 탄생'[**]이었다.

대학 선배의 작은 아파트에서 나는 일 년 넘게 지냈는데, 당장 다른 거처를 마련할 방법도 없었고, 선배 언니의 몸과 정신이 아주 많이 나빴기 때문이기도 했다. 겨울 서너 달 동안 집중 치료를 받은 후 선배는 조금씩 기력을 회복했다. 조금씩 말을 하고 조금

[*] 지금은 '홍림교'라 부르는 작은 다리인데, 무등산 증심사 길로 향하는 길목에 있다. 본래는 다리 중간 부분이 오목한 모양이어서 그리 불렀다고도 하고, 옛날에 무등산으로 나무를 하러 다니던 나무꾼들이 나무를 하고 내려오다 잠시 쉬던 곳으로 허기를 달래려고 다리 아래 냇물로 배를 채우던 곳이어서 그리 불렀다고도 한다. 1980년 5월 항쟁 때 광주 외곽으로 나가는 길목 중 하나여서 길목을 지키던 진압군과 시민군들 간에 총격전이 벌어지기도 했던 곳이다. 이후에 광주민주화운동 사적지 제13호로 지정되었다. 1980년을 전후한 무렵에는 다리 근처에 몇 군데의 보육원(고아원)이 있었다.

[**] 김선재, 「얼룩의 탄생」에서.

씩 웃었다. 시위를 하다 붙잡혀가서 아직 재판을 받고 있던 선배들의 재판정과 수감 중이던 교도소 따위를 나는 언니를 따라, 언니가 아직 부실했고 그의 청을 거절할 수는 없어서 그냥 따라 다녔다. 나는 가끔 저들 중에서 누가 우리 집에 그리고 아빠의 가구 공장에 불을 질렀을까, 저들 중에 누군가가 있을지 모른다는 생각에 가끔 경기를 일으키곤 했다. 물론 그건 나 혼자의 옳지 않은 생각이라고 이성적으로는 그런 판단을 했으나 '숨겨지지 않는 내 안의 바깥'*을 나도 어쩔 도리가 없었다. 그러던 봄날 광주에서 무슨 일이 일어나고 있다는 것을 우리는 알게 되었다.

　신문과 방송에서는 폭도들이 준동하고 그래서 경찰서와 방송국과 세무서에 불을 지르고 심지어 무기고를 털고 화순에 있는 광산에서 다이너마이트까지 탈취해서 계엄군을 향해 공격을 했다고 보도했다. 그것은 북한의 지령을 받은 불순분자들과 부화뇌동하는 일부 불량한 자들의 소행이라고 했다. 텔레비전에서는 불타는 공공시설들이 화면을 가득 메웠고, 차량에 올라 소총을 메고 어디론가 떠나는 흡사 아프가니스탄의 민병대처럼 어설퍼 보이기까지 하는 사람들의 모습이 무질서하다는 느낌을 주도록 편집되어 지면을 탔다.

　어느 날 선배 언니가 낯선 젊은 남자 하나를 데리고 왔다. 그는

---

*　김선재, 「기호의 모습과 기호의 마음」에서.

문밖에서 어색하게 서 있었다. 그의 이름은 최진영, 나이는 선배 언니와 같은 스물셋, 전남대 국문과 복학생, 교지편집위원, 광주에서 몸을 숨기기 위해 도망해 온 사람이었다. 나도 잘 모르는 사람이야, 영호남 대학 교지편집위원회 합동 수련회 때 잠깐 얼굴을 보았나 모르겠는데, 아는 선배가 어디 숨겨둘 데가 마땅치 않다고 내게 떼미네. 할 수 없이 당분간만 함께 있기로 했어. 불편해도 좀 참아라. 그래도 광주에서 왔잖아.

선배 언니의 작은 아파트는 방이 두 개뿐이었다. 내 방을 그에게 넘겨주고 나는 거실 소파에서 지내기로 했다. 나도 선배에게 빌붙어 있는 처지라서 불만일 것도 없었고 그가 남자라고 특별히 불편할 것도 없었다. 오히려 방송과 신문에서의 보도가 사실이기는 한 건지 궁금한 것을 물어볼 수 있어 나쁘지 않았다. 선배는 다른 사람들을, 그러니까 친구나 선배를 집에 들이지 않는데, 최진영이 온 후로 가끔 몇몇 사람들이 맥주나 통닭 따위를 비닐봉지에 담아 들고 찾아와서 밤새 이야기꽃을 피우다 돌아갔다. 그러나 모두 부주의해서 여름이 되기 전에 그는 형사들의 거친 손아귀에 끌려가고 말았다.

최진영은 어떻게 그 죽음의 장소에서 벗어났는지를 궁금해하는 우리들에게 잠시 아늑한 표정을 짓다가 입을 열었다. 사실 가장 궁금했던 게 군인들이 완전무장을 한 채 봉쇄 중인 도시를 어떻게 빠져나올 수 있었는지 하는 것이었다.

"처음에 우리는, 모두 셋이었는데, 시동이 걸린 채 버려져 있던 작은 지프를 타고 장성 쪽으로 난 도시의 북쪽 길을 달렸어요."

도시에서 북으로는 장성을 거쳐 서울로 갈 수 있고, 동으로는 담양을 거쳐 부산으로, 남으로는 나주를 거쳐 목포로, 서쪽은 광산을 거쳐 영광 쪽으로 나갈 수 있다. 우리는 서울로 가고 싶었다. 광주에서 무슨 일이 일어나고 있는지, 신문과 방송의 보도가 모두 거짓이라는 사실을 알리고 싶었다. 물론 우선은 몸을 피하는 것이 목적이어서 사람 많고 공간이 넓은 서울이 가장 안전할 거라고 믿었다. 차량은 어디서나 마음만 먹으면 쉽게 구할 수 있었다. 어느 주유소에서나 돈을 받지 않고 기름을 채워주었다. 그것은 시위에 동참하는 의미일 수도, 모종의 두려움 탓일 수도 있었으나 그것을 굳이 따져 묻는 이는 없었다.

"그런데 왜 서울이 아니고 부산인교?" 선배 언니가 물었다. 진영은 희미하게 웃었다. 길을 잘못 들었어요. 아니 잘못 들어섰다기보다는 장성 쪽으로 나가는 길목에 광주교도소가 있어요. 교도소를 지나면 왼쪽은 장성으로, 오른쪽은 담양으로 빠지는 길인데 교도소 앞길에 들어서다가 그만 군인들의 일제 사격을 받았어요. 혼비백산해서 아무렇게나 달렸는데 담양 쪽이었고, 선배 하나는 머리가 날아가버렸어요. 다른 선배의 목에서는 검붉은 피가 꾸역꾸역 흘러나오고 있었고요. 그들이 쏘아댄 총에 맞아서……

그날 밤, 나는 어쩌다 그 사람을 안게 되었는지 모르겠다. 그와 함께 지프를 타고 도시를 빠져나오던 선배 둘이 군인들이 마구 쏘아댄 총에 머리가 맞아서, 그 머리가 날아가버리고, 그런데 검붉은 피에 흠뻑 젖은 채 목이 달아나버린 그 몸뚱이가 지프 뒤쪽의 의자에 곧게 앉아 있더라는 말을 마치고 나서 그가 심하게 몸을 떨며 울었던 까닭이 가장 컸다고 나는 돌이켜 생각하는 것이다.

그해 겨울, 새해가 되었고 곧 봄이 와야 하는 절기이기도 했으나 드물게 폭설이 내리던 날, 나는 갓 낳은 아이를 품에 안고 광주로 가는 고속버스에 올랐다. 나는 선배 언니의 눈총을 받으면서도 아이를 혼자 낳았고, 그러나 아이를 키울 수는 없어서 어쨌거나 그가 있는 광주로 무작정 가보기로 했던 것이다. 물론 그의 이름은 알지만 그리고 그가 산다는 곳의 주소는 알고 있었지만, 그는 붙들려가서 재판을 받고 있었고, 그의 어머니는 만날 수 없었다.

학동에 가면 배고픈다리가 있고, 근처에는 보육원이 몇 개 있다고 그 사람의 집 이웃 할머니가 슬픈 눈으로 일러주었다. 다른 방법이 없었다. 보육원 문 앞에 아이를 두고 돌아섰다. "아이 이름은 최은영이랍니다. 죄송합니다."

아이의 품에 메모를 남겨두었다. 나는 몹쓸 짓을 했으나 아침 일찍 집을 나설 때부터 입에 아무것도 넣지 않아서인지 자꾸 허기가 졌다. 몸이 춥고 떨렸다. 다리 근처에 작은 팥죽집 간판이 보였다. 어미 된 자가 제 아이를 보육원 앞에 두고 나와서 제 뱃속을 채우느라 팥죽을 입안에 꾸역꾸역 집어넣다니 하면서도 나는 하염없이 흘러내리는 눈물을 손등으로 닦고 휴지로 콧물을 풀면서 따뜻한 팥죽 한 그릇을 모두 비웠다. 팥죽집 할머니가 그런 나를 그윽하게 바라보다가 팥죽을 조금 더 가져왔다. 그러고선 노란 설탕 한 수저를 팥죽에 넣어주면서 말한다.

"우리 고장에서는 팥죽에 이렇게 설탕을 타서 먹는다오. 천천히 먹어요. 세월 가면 어떤 서러움이라도 이 설탕처럼 다 녹을 거구만."

지워지는 사람[*]

4월 초에 항쟁 40주년을 기념하는 프로그램 몇 개를 만들자는 기획 회의에서 내게 떨어진 일은 두 꼭지였다. 하나는 교도소 습격 사건과 관련하여 최진영 교수와 당시 공수부대 중대장이었던 사람을 연결하는 대담 프로그램을 성사시키는 일이었고, 다른 하나는 부마항쟁과 광주항쟁의 의미를 조망하는 한 시간짜리 특집 방송을 제작하는 일이었다. 둘 다 중요한 일이었다. 편집국장은, "그러니까, 최은영 피디에게 맡기는 거야." 하고 너스레를 떨었다. "최 피디 나이가 곧 사십이잖아? 개인적으로도 얼마나 의미가 커? 안 그런가, 다들?"

---

[*] 김선재, 「회고 차고 어두운 것」 중에서. 시에서는, "때로 사람의 기록과 사랑의 기억에 갇힌다. 기억은 종종 기억을 버리고 기록이 되는 쪽을 택한다. 나는 기록을 지우는 사람, 지워지는 사람"이라고 되어 있다.

국장은 평소에 나를 그리 좋아하지 않았다. 아니 어쩌면 좋아하는지도 모를 일이었다. 좋아하지 않았다는 것은 내가 여성이었기 때문이다. 그는 여성주의자를 좋아하지 않다. 「시민항쟁과 여성 그리고 미디어의 역할」이라는 내 졸업논문의 내용을 그는 대놓고 비릿해했다.

모든 민주주의 운동에 여성은 남성과 함께했다. 남성과 함께 앞장서서 돌을 던지고 최루탄을 맞고 붙잡혀가서 고문을 당했다. 그러나 그들의 희생과 시민들의 광범위한 참여로 민주주의가 진전을 보이자 남성 지도자들은 저마다 무슨 직책을 맡아 또 다른 역사의 진보에 앞장섰다. 그러나 그들과 함께했던 여성들은 다시 가정으로 돌아가 남편과 아이들을 돌보는 데 자신을 희생해야 했다. 남성들과 함께했던 여성들을 다룰 때 남성들의 뒤에서 그들을 돌보던 모습, 그러니까 다친 이들의 다리에 붕대를 감고 팔에 주사를 놓는 것 따위의 물론 그것이 중요하지 않다는 것은 아니지만 아무튼 여성들의 고정된 성 역할을 반복 재생산하는 데 미디어도 남성들과 같은 동맹이었다, 뭐, 그런 내용이다.

편집국장은 여성이 남편과 아이들을 돌보는 일은 희생이 아니라 마땅히 그래야 할 일이라고 생각하는 사람이다. 그래서 그는 나를 좋아하지 않는다. 그러나 그는 또 나를 좋아할 것이다. 그는 가끔 나와 밥을 먹고 차를 마시는 것을 좋아하는 눈치다. 내가 보육원 출신이라는 것을 그가 알 리 없으니, 그러니까 내게 가족이라 할 만한 사람이 없다는 것을 그가 알 턱이 없으나, 어쨌거나 나는 아직 미혼이고 비혼주의자이기 때문일 것이다. 무엇을 바라거나 원하지 않고 밥과 차와 때로는 술을 함께 마시면서 그의 소소한 이야기를 들어주는 마치 연인 같은 사람을 좋아하지 않을 까닭은 없는 것이다. 나야 다만 내 일을 하기 위해서 내 자리를 지키기 위해서 그런 번거로움을 감내할 뿐이다.

항쟁 이후 쟁점은 두 가지다. 하나는 북한 특수부대와의 연관설인데 너무 터무니없는 소리여서 그것을 믿는 이들은 제정신을 갖고 있는 이들이 아닌 것으로 치부된다. 다른 하나는 교도소 습격설이다. 항쟁 기간에 교도소 근처에서 여럿 죽고 체포되었는데, 군대는 그것이야말로 저들이 무모한 폭도임을 증명하는 것이라고 주장한다. 대법원 판결에서도 교도소를 습격하러 온 폭도들에게 사격을 가한 계엄군의 행위는 정당한 공무였다고 인정한다. 그러나 그것도 당시 군부가 저들의 학살과 진압을 정당화하기 위한 일종의 각본에 불과하다는 것을 오랜 취재를 통해 아는 이들은 다 알고 있는 사실이다. 담양이나 장성으로 나가는 길목에 있었던 당시 교도소 앞을 지나다 느닷없는 사격을 받고 죽거나 체포된 이들의 증언이 모두 일치하기 때문이다. 교도소의 직원으로 일했던 이들의 증언도 다르지 않다.

문제는 교도소 습격자로 몰려 체포되었던 이들과, 물론 그들은 그 건으로는 무고한데, 그 당시 저들을 향해 사격을 명령했던 중대장 한 사람이 그때 피해를 입었던 사람들에게 사과하고 싶다고, 그것을 주선해달라고 방송사에 청을 넣은 일이었다. 마침 항쟁 40주년에 당시 계엄군 중대장과 교도소 앞길을 가다 총격을 받고 함께 있던 동료가 죽었던, 당시를 증언해줄 수 있는 유일한 사람으로 최진영 교수가 만나 화해하는 장면을 내보낼 수 있다면 상당히 의미 있는 일이었다. 그러나 최진영은 딱 부러지게 거절했다. 다른 사람들은 연락처도 불명이고, 최진영처럼 최소한의 사회적 위치가 있어야 그 반향이 있을 것인데, 국장은 얼굴을 찌푸렸다.

"그를 한번 만나보지 그래? 거절한다고 알았다면 끝인가? 프로정신이 없어. 부마항쟁과 광주항쟁 특집은 어떻게 돼가나?"

특집도 별다른 진전이 없었다. 두 항쟁은, 그러니까 부마항쟁은 유신정권의 종말을 앞당긴 역사적인 사건으로 최초의 성공한 시민항쟁이다, 광주항쟁은 시민군의 무장 항쟁을 통해 불의한 체제에 맞서는 민중들의 봉기였다, 그런 의미 말고, 그건 이제 누구나 다 알고 누구라도 그렇게 말할 줄 아는데, 새삼스레 40주년이라고 특집을 만들면 그게 무슨 의미가 있나 싶어 나는 끙끙거렸다.

나는 최진영 교수의 연구실로 그를 만나러 갔다. 학교는 코로나 바이러스 탓에 곳곳이 문을 걸어 잠갔다. 중앙도서관도 폐쇄되었고, 인문대 교수연구동 출입문도 잠겨 있었다. 출입증을 소지한 사람만 들고날 수 있다는 안내문이 붙여져 있었다. 외부인은 어떻게 일을 보라고. 나는 그에게 전화를 걸어 연구실 아래에 와 있다고 알렸다. 퉁명스럽게 대하던 그가 계단을 내려와 문을 열고 앞장섰다. 기왕 왔으니 차는 한잔 마시되 기대할 것은 없다는 눈치였다.

 "나는 그때의 일과 관련해서 하고 싶은 말이 아무것도 없어요. 더구나, 공수부대 중대장이, 그때 우리에게 무차별 사격을 가해서 아무 죄도 없는 사람들의 목숨을 앗아간 자들이 사과를 하겠다고 나를 만나겠다니, 아뇨. 나는 결코 그들을 용서할 수 없어요. 아무리 시간이 흘러도 잊히지 않는 것은 잊히지 않는답니다."

 하긴 나도 좀 의아스럽긴 마찬가지였다. 공수부대 중대장이라는 사람은 왜 꼭 최진영을 만나서 사과를 하고 싶다는 것일까. 평생 마음에 걸린다고, 그때는 명령에 따라 이 고장에 내려와서 명령에 따른 행위를 할 수밖에 없었다고, 그러나 그것은 잘못된 일이었다고, 사과를 하고 나서야 남은 생을 비로소 제대로, 가치 있게 마무리할 수 있겠다고 간절하게 호소했다. 학살의 최고 책임자였던 이는 왜 내게 그러느냐고, 나와는 상관없는 일이라고 역정을 냈으나 그래도 사과를 하고 싶다고 그를 꼭 만날 수 있게 해달라는 사람이 있는 것은 그나마 다행 아닌가 싶으면서도, 나는 충분하게는 그의 진정성이라는 것을 온전하게 믿지는 않았다. 더구나 나는 자주 내가 보육원에서 자랐다는 사실과 하필 광주에서 그런 사건이 일어난 이듬해 겨울에 내가 태어났다는 사실이 자주 마음에 걸렸다. 그럴 리야 없을 테지만 만약에 나를 낳고 버린 생모는 누구와 관계를 하고, 그러니까 내 의혹이란 혹여 그때 광주에 내려왔던 군인들 중 누군가는 결단코 아닐 것이라고 믿으면서도 가끔 아무도 몰래 혼자 진저리를 치곤 하는 것이다. 나는 최진영을 이해했다.

그렇다면. 나는 돌아서서 나오는 길에 직업적인 의무감으로 한 가지를 물었다. "그렇다면 교수님 혹시 부마항쟁과 관련해서 어떤 의미 있는 사건이나 사람을 알고 계시는지요?"

누가 남아 노래를 부를까[*]

최진영 교수는 한참 동안 생각 끝에, 부산에 가면 몇 사람이 있긴 한데, 라고 혼잣말처럼 중얼거렸다. "그럼 함께 부산에 가죠." 나는 미처 생각하지 않았던 말을 해놓곤 속으로 깜짝 놀랐다. 프로그램을 제작하려면 시간이 별로 없었고, 나는 그 무렵 지나칠 만큼 예민하고 초조해 있었다. 그가 그러자고 선선히 동의를 해서 우리는 바로 터미널로 갔다. 새삼스러운 일이지만 광주에서 부산까지는 KTX가 없다. 항공편도 없다. 오랜 시간을 들여 지금은 낡고 더딘 기차를 타거나 고속버스를 타야 한다.

"부산엔 가끔 가세요?" 나는 창가에 앉고, 그는 복도 쪽에 앉았다. 코로나 바이러스 탓에 본래는 창가 쪽으로만 앉도록 지정되어 있었으나 마스크를 얼굴에 두른 채 우리는 이야기를 나누었

* 박몽구, 「누가 남아 노래를 부르리」를 변형했다.

다. 여행을 가는 게 아니라 취재를 하러 가는 길이어서 포기할 수 없는 일이었다. 그는 별다른 대답이 없었다. 조금 불친절한 사람이라는 느낌이, 그러나 깊고 오랜 상처를 지니고 있는 사람이라는 생각이 마음을 가까이하는 데 방해가 됐다.

부산에 가면 만날 수도 있을 거라는 누군가에 대해 그는 아직 충분한 정보를 주고 있지도 않았다. 어쩌면 당신이 바라는 그림이 거기 가면 있을 수도 있겠다. 그때 부산으로 숨어든 나를 두어 달 동안 따뜻하고 안전하게 숨겨주었던 이들이 있다. 그러면 공수부대 중대장과의 내키지 않은 만남보다는 더 낫지 않겠느냐, 그런 설명으로도 나는 충분히 설렜기 때문에 조금 더 기다려보기로 했다. 부산에 출장을 다녀오겠다는 내 전화에 국장은 왜 카메라 기자를 데려가지 않느냐고 나무랐다.

그림이 그럴듯하게 그려진다면, 카메라 기자는 어쩌면 부산에서 조달할 수도 있겠다고, 그것이 좀 더 좋은 그림일 수 있겠다고 나는 생각 없이 대꾸했는데, 가만 생각해보니 그것도 그럴듯했다. 광주의 피디와 부산의 카메라 기자, 광주에서 몸을 피하러 갔던 남자 대학생과 그를 품어준 부산의 대학생들. 지금은 초로의 나이가 된 이들의 40년 만의 재회. 부마와 광주의 빤한 의미의 반복이 아니라 감동적인 휴먼 다큐 한 꼭지를 나는 머릿속에 그리느라 깜빡 잠이 들었다.

고속버스가 섬진강 휴게소에서 잠시 쉬었다. 최진영 교수가 나를 깨워 아이스 아메리카노 커피 한 잔을 사주었다. 나는 에스프

레소에 얼음 한두 조각을 넣어 마시는 편을 좋아하지만 그가 내 취향을 알 리 없고 내가 그것을 고집할 형편도 아니어서 나는 커피를 들고 그가 이끄는 곳으로 걸음을 옮겼다. 화장실과 주유소가 있는 휴게 시설들의 뒤편 나무 그늘이었다.

그는, 바로 여기쯤에, 아마도 여기쯤에 지프를 버렸다고 손짓으로 가리켰다. 교도소인지 뭔지 몰랐는데 도시를 빠져나오려고 들어선 길이 하필 교도소 근처 길목이었다고, 갑자기 눈앞에 군인들 수십 명이 나타났고, 그들이 총을 난사하는 바람에 넋을 잃고 달아났다고, 그런데 그들이 차를 향해 수십 발의 총을 갈겨댔는데, 무슨 기적으로 자신은 살고 함께 지프를 탔던 선배 둘은 그자리에서 검붉은 피를 콸콸 쏟으며 죽어갔다고, 그중 한 명의 얼굴은 어딘가로 달아나 버리고 몸통만이 뒤편 의자에 꼿꼿하게 앉아 있던 게 지금도 그 기억이 되살아오면 밤에 술을 엉망으로 마시지 않으면 잠을 이루지 못한다고, 그래도 흐트러지지 않는 목소리로 그는 내게 말하고 있었다.

그랬군요. 그래서 그날 제가 전화를 걸어서 당시 공수부대 중대장이었던 사람의 말을 전했을 때 그처럼 차갑게 말을 끊었군요. 나는 비로소 그를 이해했다. 그러나 그렇더라도 그동안 80년 5월에 대해 그처럼 냉소적인 태도를 취할 건 없지 않느냐고, 그건 또 무슨 까닭이냐고 나는 물었다. 고속버스가 부산에 들어올 때까지 그는 다시 침묵했고, 나는 다시금 은근히 화가 났다.

그날의 자기 체험에 대해 말해달라는 부탁을 하면 열에 아홉 반은 그러마고 응했다. 지식인이든 아니든, 지금은 여유가 있거나 여전히 가난하거나, 남자이거나 여자거나 상관없이 그들은 그날 자신이 무엇을 했는지 열심히 인터뷰에 응했다. 내가 아니라도 많은 이들이 당시의 자기 체험을 구술하거나, 종종 인터뷰에 응하거나 하는 모양이었다. 구술집도 만들어두어야 하긴 할 것이었다. 시간이 더 많이 흘러 생존자들이 모두 사라지고 나면 생생한 증언을 들을 기회도 사라질 테니까. 그러나 사실을 말하면 나는 그들의 증언을 대체로 신뢰하지 않는다. 그들이 어떤 과정을 거쳐 피해자거나 생존자거나 혹은 투사가 되었는지를 충분하게는 알지 못하지만, 그래도 나는 그들 대부분이 그날의 싸움 이후에 어떤 모습으로 살았는지에 대해서는 잘 알고 있다고 생각하기 때문이다. 실로 누군가의 언어와 그의 행위 사이에는 메우기 힘든 구멍이 있는 것이다.

부산에 도착하고 이른 저녁을 먹으면서야 그는 조금씩 말문을 열었다. 그는 내게 물었다. 당신은, 그는 나를 최 피디라고 불렀는데, 당신은 교도소에 대해 어떤 느낌, 어떤 이미지를 가지고 있느냐는 것이었다. 나는 교도소에 가본 적은 없지만 당연히 좋은 느낌은 아니다. 도둑들과 강간범들과 사기꾼과 폭력배들과 살인자들이 가득할 것이다. 왜 그걸 묻는가 생각을 하다가 그의 이름이 광주와 연결되어 호명될 때 항상 교도소 습격자 중의 한 사람으로 기억되고 있다는 사실에 생각이 미쳤다. 나는 그가 스스로 말하기를 기다리기로 했다. 누구라도 한번 입을 열면 이쪽에서

채근을 하지 않아도 스스로 하고 싶은 말을 쏟아놓게 된다. 나는 오랜 피디 생활을 통해 그것을 잘 안다. 최진영 교수처럼 은둔자의 이미지를 가지고 있는 이들일수록 사실은 더 많은 말을 가슴속에 묻어두고 있는 것이니, 어느 순간 물꼬만 살짝 건드려주면 알아서 말 보따리를 푸는 것이다. 과연 그는 다시 내게 물었다. 물었다기보다는 스스로 묻고 스스로 답했다.

많은 이들이 그날 자신의 행동이 민주주의와 정의를 위해 당연하게도 불가피했다고 말한다. 어쩌면 많은 경우 사실일 수도 있다. 어떤 행위는 또 사람들의 마음속에 작은 의혹을 남기기도 할 것이다. 당시 군부의 주장이 의도하고 있는 것처럼, 교도소 습격이라는 사건은 그것이 사실과는 전혀 다른 의도와 맥락에서 주장된 것이라 할지라도, 그렇게 말해지고 난 다음에는, 교도소라는 매우 부정적인 이미지와 함께 '습격'이라는 덧칠이 더해지고 나면, 더구나 오랫동안 사람들의 무의식에 잠금 처리된 레드 콤플렉스가 함께 작동되는 순간, 아무리 사건을 이성적으로 이해하는 사람이라 해도 무언가 석연찮은 느낌을 갖게 마련이다. 나라도 충분히 그럴 것 같다. 내가 아니라 다른 누군가가 교도소를 습격하러 갔다가 체포된 자라고 호명되었을 때, 내가 그자를 가까이하고 싶겠는가. 아무리 그래도 의혹을 다 떨쳐버릴 수야 있겠는가. 당신도 그렇지 않겠는가. 사람들은, 아무리 분별력 있고, 신중하고, 사려 깊고, 1980년의 참혹한 사건에 관한 진실에 더 많이 경청하고, 공감한다 할지라도, 그런 종류의 사람들이라 할지라도, 내가 무슨 말을 하든 상관없이 마침내 군대의 말을 수긍하고 말 것이다. 군대의 말은 일종의 강력한 소문을 형성하고 사람들 사이에서 오랫동안 영향력을 발휘했다. 당시의 시민들은 물론이고 이후의 시민들 사이에서 불신을 조장하는 일종의 분열 공작이기도 했다.

총을 들고 저항했던 사람들과 총을 버리자고 주장했던 사람들이 갈라지고, 총이나 각목이나 돌멩이를 들고 싸웠던 사람들과 그 장소와 시간을 피해 어디론가 몸을 피했던 사람들이, 희생자의 가족들과 부상만을 입었던 사람들이, 교도소에 구속되었던 사람들과 민간병원에 후송되어 치료받았던 사람들이, 보상금을 많이 받은 사람들과 그렇지 않은 사람들이, 발언권을 얻게 된 사람들과 그렇지 않은 사람들이 갈라진 마당에 이제는 교도소를 습격한 이들과 그렇지 않은 이들로 갈라질지도 모를 일이었다.

사정이 이러하니, 사건이 마무리되고 난 후 그 참혹했던 일의 경과가 진실을 드러내고 군대의 말이 왜곡과 과장과 거짓이었다는 것이 밝혀졌어도 그 혼란을 틈타 교도소를 습격하려 한 이들의 동기에는 선하거나 정의롭거나 하는 의도와는 거리가 먼 무엇인가가 분명 자리하고 있을 거라고, 최소한 마음 한구석에는 그런 의혹을 키우게 될 것이었다. 교도소는 보통 사람들의 안녕과 평온한 삶을 위협하는 자들을 격리해둔 장소인 까닭에 그곳은, 그 안에 갇혀 있는 이들은, 계엄군이 시민들을 향해 무차별적인 폭력과 살상을 저지른 것 못지않게 위험하거나 적대적인 정서를 갖게 만드는 것이다. 그것은 너무도 당연한 반응이다. 내 선배 두 사람이 처참하게 목숨을 잃는 것과는 별도로 그것이 내가 그날에 대해 침묵하는 가장 큰 이유다.

나는, 그렇구나, 했다. 사실 그다지 관심 있는 내용도 아니었다. 결국 그도 자신의 신원만이 가장 큰 관심이었구나 싶어 오히려 비릿한 마음이었다. 누가 남아 그날의 아픔과 절망과 그럼에도 사랑과 희망을 노래할 것인가 하는 데 생각에 미치자 그와 함께 부산까지 온 게 후회되었다. 성급하고 어리석은 판단을 했구나 싶었다. 부산 방송국엔 카메라 기자를 요청하지 않았다.

일상의 늪[*]

누군가 다녀갔다는 말을 나중에야 전해 들었다. 초로의 사내와 그의 딸아이 정도의 나이 되는 그러나 그렇게 다정해 보이지는 않은 여성이 함께 나를 찾아왔다가, 그냥 돌아갔다는 말을 선배 언니로부터 들었다. 그 사람들은 40년 만에 예전에 자신을 숨겨준 고마운 사람들을 찾아 부산에 왔노라고 선배 언니의 아파트부터 짐작으로 찾아간 모양이었다. 그 작은 아파트는 선배가 세

---

[*] 김진경, 「포장을 하며」에서. 시에는 "대단한 것 같은 인생이 살아보면 장엄하지도 화려하지도 않듯이 운동이란 것도 해보면 장엄하지도 화려하지도 않고 견디며 살아가는 일상의 삶이다."라고 되어 있다.

들어 살던 곳이었고, 그로부터 40년이라는 시간이 흘렀으나 아직 허물어지지 않고 서 있었다. 홀로 된 집주인 여자가 기억을 더듬어 선배 언니를 추억해냈고, 그 사람들은 언니와 나를 만난 것처럼 반가워했던 모양이다. 그가 나를 만나서도 반가워했을까. 아마 그랬을 테지. 나는 홀로 운다.

선배 언니는 마침 민주항쟁 40주년에야 겨우 국가기념일로 지정되고 그에 따른 여러 행사를 기획하고 진행했던 일의 뒤처리를 하느라 며칠씩 집에 들어가지 못하고 있었다. 서울에서 살다시피 하기도 했다. 행사와 기념은 부산과 마산에서 하지만 그것을 할 수 있도록 법과 제도와 예산의 지원은 서울의 사람들이 쥐고 있었던 때문이었다. 누군가는 목숨을 바쳤으나 반드시 그렇지는 않은 사람들이 더 많은 결정권을 쥐고 있었다. 선배는 41주년 행사는 처음의 서투름을 깔끔하게 만회해야 한다고, 광주보다 늦었지만 광주보다 더 큰 의미를 각인시켜야 한다고 동분서주했다. 나는 살아가는 일로 바빴지만, 그래서 선배 언니는 굳이 나를 끌어들이지는 않았지만, 기가 막힐 정도로 일주일에 한 번씩은 잊지 않고 꼭 전화를 해서 그간의 일들을 알려주곤 했다. 고마운 사람이었다. 나는 선배 언니의 말을 다만 듣고 있었다.

그 사람들, 광주에서 왔다는 이들이 남기고 갔다는 명함을 건네받았는데, 그때 우리 아파트에서 두어 달 지냈던 사람이야. 너 기억나지? 그 사람. 네가 딸아이를 낳았잖아, 혹시 그 아이가 아닐까 싶기도 한 게 여자의 명함엔 이름이 최은영이라고 되어 있어.

네가 이름을 지어주었다면서 그때. 그 아이 이름이 은영이었니? 정미야, 너 괜찮아? 지금 울어? 아니지, 괜찮지? 그럼 괜찮아야 해. 다 괜찮을 거야. 그럼 다 괜찮아, 우린 그때나 지금이나 다만 우리 몫의 일상을 견딜 뿐이야. 정미야……. 선배 언니는 왈칵 울음을 터트리느라 말을 잇지 못했다. 그는 너무 늦게 나를 찾아왔으나 그래도 잘 있으니 그럼 됐다고, 나는 생각했다. 그리운 것들은 너무 멀리 있으나 그래도 이제부턴 소식을 전할 수는 있지 않느냐고 나는 나를 위로했다. 그래도 나는 서러워서 눈물이 마를 때까지, 목이 쉴 때까지, 온몸의 기운이 다 빠져나갈 때까지 울었다. 그런 나를 나는 가만 내버려두기로 했다.

다만, 선배 언니가 그해 붙잡혀갔을 때 차가운 물이 가득한 욕조에 집어던져지고 욕조 안에는 미꾸라지들이 서로 뒤엉켜 그 흉측한 것들이 언니의 몸속으로 기어들어 오려고 몸부림칠 때 소름 끼치도록 공포를 느꼈다는 것, 자신이 왜 그토록 미친 듯이 그날의 진실을 규명하기 위해 밤낮없이 뛰어다니는지 너는 나를 이해해주어야 한다는 마지막 말이, 어쩌면 나를 일으켜 세우리라고, 나는 생각했다. 그래 이제 시작이라고, 이제부터 다시 함께 시작할 수 있으리라고 나는 눈물을 닦았다. *

얼룩을 지우는 일

얼룩을 지우는 일

30대 초반의 초등학교 여교사가 수업 중에 쓰러져 응급실에 실려 왔다는 연락을 받았다. 다행히 생명은 건졌고 의식은 돌아왔으나 공황 상태라고 했다. 트라우마 센터에서는 '우리가 지원을 나가야 할 대상인가'에 대해 약간의 토론이 있었다.

마침 교사들의 자살 사건이 이슈이기도 하니까 우선 강 선생이 나가보지. 동기지만 팀장 직급인 윤의 말을 강미진은 순순히 받아들였다. 그가 남자라서 승진이 앞섰다고는 생각지 않았다. 사소한 일로 부딪히지 않으려고 늘 애쓰고 있었다. 그래도 염천에 외근은 왜 매번 자신에게 배당되는가에 대해 조만간 따져 물어보기는 해야 할 것이었다. 그런 생각이 오래 머문 탓에 강미진은 두통이 도졌다.

지난밤에는 요양병원에 누워 있는 어머니의 상태가 급격히 나빠졌다는 연락을 받았다. 열대야가 이어지고 있어서 더욱 그랬을 것인데 요즘엔 식사도 거르고 숙면도 제대로 하지 못하는 모양이었다. 너무 늦은 시각에 병원에 갈 수는 없어서 담당 요양보호사의 전화를 받고 강미진은 깊은 한숨만 내쉬고 말았다. 일찍 문을 여는 빵집에서 알맞게 구운 베이글 몇 개와 커피 두 잔을 챙겨 출근 전에 병원에 들렀다. 간밤에 전화를 걸어와 어머니의 상태를 걱정스럽게 알려주던 젊은 요양보호사는 매번 건네주는 베이글을 아주 맛있게 먹었다고 진심으로 좋아했는데, 아쉽게도 그녀는 자리에 없었다.

어머니의 상태는 좋지 못했다. 두 달 전 뇌경색으로 쓰러져 수술을 받은 어머니는 목숨은 건졌으나 언어 기능을 상실했고 오른쪽 신체는 전혀 쓰지 못했다. 출근하고 나면 아무도 돌볼 사람 없는 집에 어머니를 내버려둘 수 없어서 요양병원에 맡기고 돌아오던 날 강미진은 대낮의 거리에서 엉엉 소리 내 울었다.

환자는 약물 치료를 받고 일반 병동으로 옮겨가 있었다. 그녀는 5학년 담임이었고, 오후 수업 중이었다. 한 아이가 옆에 앉은 다른 아이에게 갑자기 주먹을 휘둘렀다. 말리거나 나무라야 하는데, 그리고 두 아이를 떼어놓아야 하는데, 입에서는 아무 말도 나오지 않았다. 대신 가슴이 뛰다가 흉통과 함께 호흡곤란으로 쓰러졌다고 했다. 내과의는 안정을 취하면 될 것이라고 심상한 어투로 말했고, 상담심리를 전공한 강미진은 그녀의 이야기를 참을성 있게 들어주었다. 그녀의 일이었다.

물론 다른 사람들의 이야기를 들어주는 일은 고됐다. 이를테면, 평소에는 가까운 이들의 시샘을 살 만큼 다정하게 굴던 남편이 고주망태가 되어 돌아온 늦은 밤마다 무지막지한 완력으로 자신을 때려눕히고는 미안하다고 잘못했다고 다시는 그러지 않겠다면서 실오라기 하나 없이 발가벗긴 후 강간을 해도 저 사람이 본래 그렇게 나쁜 사람은 아닌데 하고 언젠간 좋아지겠지 하다가 몇 번이나 제 손목을 커터칼로 그은 50대 여자의 이야기를 마냥 들어야 할 때, 강미진은 그만, 이라고 귀를 막고, 마구 소리치고 싶은 충동을 견디느라 고됐다.

30대 초반의 초등학교 여교사를 면담하고 트라우마 센터로 돌아가기 전 요양병원 원장을 만났다. 어머니의 상태가 급격하게 나빠진 까닭은 아마도 한 달 전쯤의 텔레비전 뉴스와 관련이 있지 않을까 싶군요, 원장은 느릿느릿 말했다. 한 달 전쯤의 텔레비전 뉴스가 뭐였을까. 텔레비전 뉴스는 매 순간 세상의 모든 이야기를 전하고 있는데, 한 달 전쯤이라면 지금이 7월 하순이니 그땐 6월 하순이었을까 5월의 막바지였을까. 아무려나 무슨 뉴스를 보고 어머니의 상태가 더 나빠졌다는 것일까.

강미진은 원장의 말을 기다렸다. 기다리는 건, 아니 무엇이나 견디는 건 그녀의 특기고 장기였다. 그런데 사나흘에 한 번씩은 어머니를 보러 왔는데 아무런 설명이 없다가 느닷없이 한 달 전쯤의 텔레비전 뉴스라니. 상태를 보아 병원을 옮겨야 할까, 강미진은 곰곰 생각했다.

어제 수업 중에 한 아이가 제 옆에 앉은 아이에게 느닷없이 주먹을 휘둘렀거든요. 저는 무언가 하려고 했어요. 말을 하려고 했지요. 너 무슨 짓이야, 당장 그만두지 못해, 그렇게 말을 하려고 했어요. 그렇게 해야 하잖아요, 교사가. 그런데 말이 나오지 않는 거예요. 아이들에게로 발걸음을 옮겨가서 뜯어말리려고도 생각했고요. 그런데 아무런 말도 나오지 않고 발걸음도 떼어지지 않았어요. 가슴이 답답하고 극심한 통증이 오면서 도무지 숨을 쉴 수가 없었어요. 그러다 쓰러졌나 봐요.

여교사는 눈물을 글썽이면서 아이들이 무섭고 학부모들이 두렵다고, 다시 교단에 서는 게 가능하기는 할까요? 하고, 강미진이 답을 줄 수 없다는 것을, 잘 알면서도 물었다.

숙제하지 않은 아이에게 수업 시간에 보여주는 영화를 보지 못하게 한 일은 인권 침해가 되었다. 체육 시간에 수업을 방해하는 아이를 몇 분간 참여하지 못하게 한 것은 아이의 수업권 침해가 되었다. 어느 아이의 소지품 하나가 없어지자 모든 학생의 동의를 받고 소지품을 찾아보게 했다. 인권 침해 소지가 있다는 게 학부모위원회의 판단이었다. 교사가 아이들 서로를 의심하는 분위기를 만들었다는 것이었다. 수학 수업 시간에 그림을 그리고 딴 짓하던 아이를 수업에 집중하라고 나무랐다. 아이는, 자신은 그림을 그리지 않았어도 선생님이 자신을 미워해서 거짓으로 지적했다고 말했다. 학부모가 항의하자 교사는 당시 주변 아이들의 의견을 받았다. 이 과정에서 다른 학부모위원의 자녀가 친구의 편이 아닌 교사의 편에 서야 하는 불편을 느꼈다고 했다. 그 아이의 부모로부터, 우리 아이가 교사에게서 공포심을 느꼈다는 항의를 받았다. 학부모위원들은 아이들 앞에서 공개 사과를 요구했다. 그런 일이 쌓여서 전날 여선생은 아무런 말도 아무런 행동도 하지 못하고 오히려 자신이 호흡곤란으로 쓰러졌다.

요양병원 원장이 말한 한 달 전쯤의 텔레비전 뉴스는 1980년 5·18 당시 몸을 다친 계엄군과 그를 치료해주고 숨겨주었던 어느 의사와 계엄군을 인근 병원으로 옮겨 치료를 받게 해주었던 시민군 세 사람이 43년 만에 한자리에 마주했다는 내용이었다. 한 달 전쯤이 아니라 두 달 전쯤의 보도였다. 1980년 5월 21일, 20사단 61연대 대대장 당직병이었던 젊은 군인은 대대장 차량을 운전하고 서울에서 광주까지 이동했다. 고속도로 광주 요금소를 지나 광주 산단 진입 무렵 인근에서 시위 중이던 시민들이 차량을 향해 돌을 던졌고, 그는 돌에 맞아 머리에 큰 상처가 났다. 다른 일행은 재빨리 피했으나 머리에 돌을 맞아 정신을 잃은 젊은 군인을 두고 시위하던 시민들 사이에서 잠깐 설왕설래가 이어진다.

저 젊은 군인은 죄가 없다. 군인은 명령대로 움직일 뿐이다. 우리에게 위해를 가한 것도 없다. 무슨 소리냐. 지금 군인은 우리의 적이다. 가족과 친구와 이웃을 향해 총을 난사하고 몽둥이로 두들겨 머리가 으깨진 시민들을 마구잡이로 체포 연행하고 있다. 그러면 어쩌란 거냐. 저 군인을 그대로 내버려두면 필경 죽고 말 텐데. 그냥 두고 가자. 그냥 둘 수는 없다. 그래도 일단 치료부터 하도록 하자. 그렇게 해서 그 젊은 군인을 가까운 병원으로 옮긴

이가 택시 기사였다. 의사는 응급 처치 후 병원 2층에 있는 자신의 집에 며칠 동안 숨겨두고 치료를 계속했다. 모두가 흥분 상태였다. 시민을 죽인 군인을 치료하고 숨겨두는 일은 자칫 오해받기 충분한 일이었다. 의사는 안정을 취한 젊은 군인에게 자신의 옷을 입혀 밖에 나가도록 도왔고 그는 탈 없이 부대에 복귀했다. 43년 만에 만났으나 세 사람은 서로에게 감사했다. 세월이 많이 지나 다들 늙었다.

어머님이 계시는 605호실을 담당하는 요양보호사가 그래요. 평소에는 텔레비전 뉴스를 보거나 드라마를 보거나 별다른 반응이 없으시던데 그날은 어머님이 그 뉴스를 보다가 왼손을 들어 텔레비전을 가리키면서 으아아아, 하고 무슨 소리를 지르더라는 거예요. 왜 저러시지, 하고 돌아보았는데 온몸에 경련이 일고 입에서 흰 거품을 내뿜다가 거의 실신한 일이 있었다고, 자주는 아닌데 환자들이 다양한 증상을 보이다가도 이내 아무렇지 않은 상태로 돌아오니까 이야기를 듣고 그랬나 보다 했어요.

강미진은 의자를 박차고 자리에서 일어섰다. 아니, 원장님. 이내 아무렇지 않은 상태로 돌아오는 게 아니라 상태가 더 나빠졌잖아요. 한 달을 내버려두듯 할 게 아니라 진즉 말씀을 하셨어야죠.

요양병원은요. 그냥 지켜보는 게 일입니다. 잘 아시잖아요. 환자 가족의 항의와 질책엔 이골이 난 듯 원장은 아무런 표정의 변화가 없었다. 화를 참지 못했던 강미진이 오히려 민망한 지경이었다. 원장이 예의 느릿느릿한 말투로 물었다. 그런데 한 가지 궁금하긴 해요. 어머님의 여생을 잘 보살피기 위해서도 제가 알아두는 게 좋기도 하고요. 지금 어머님 연세가, 어디 봅시다, 73세군요. 어머님이 5·18 관련 뉴스에 특별한 반응을 보인 무슨 사정이 있지 않을까 싶은데요. 그 말씀을 해주시면 서로에게 도움이 될 텐데요.

도움은 무슨. 강미진은 요양병원 원장의 일그러진 표정을 뒤로한 채 605호로 올라가 어머니를 보았다. 마치 영면에 든 것처럼 깊은 잠에 빠져 있었다. 링거에 의존한 채 겨우 숨만 붙어있는 노인 환자들로 가득한 6인실 병실에서는 쿰쿰하고 퀴퀴한 데다 정체 모를 방향제 냄새까지 섞여 있어서 머리가 지끈거렸다. 강미진은 어머니 건너편 침상에 앉아 있던 한 노파가 제 아랫도리에 채워진 환자용 기저귀에 묻은 분비물을 손가락에 묻혀 시커먼 동굴 같은 입속으로 집어넣는 것을 보았다. 아아아앗, 여기요, 여기. 여기 좀 와보세요. 간호사와 요양보호사들이 있는 병실 밖 복도를 향해 마구 괴성을 질렀다. 어렸을 때 외할머니의 마지막 무렵 모습이 저와 같았다는 생각에 강미진은 가슴 한쪽이 무너져내리는 것만 같았다.

외할머니, 최미숙. 그녀는 한국전쟁이 발발하던 해 어머니를 낳았다. 전쟁이 발발하기 이 년 전 여수에서 당신의 남편을 부역자로 몰아 살해하고 자신을 겁탈했던 자가 아이의 생부였다. 그에게서 벗어나지 못한 채 죽음보다 더 지옥 같은 삶을 이어가던 외할머니 최미숙은 어쩔 도리 없이 아비의 성씨를 따라 딸을 강희경으로 이름 짓고 그의 호적에 올렸다. 드문드문 어머니가 들려준 이야기가 그랬다. 듣는 일이 그의 일이지만, 강미진은 듣고 있기 힘들었다.

1948년 10월 20일 이른 아침, 여수시 전역과 7만 시민을 완전히 장악한 14연대 병사들은 그러나 그곳에 오래 머물지 않았다. 그들이 쑥대밭으로 만들긴 했으나 여수에 오래 머물다가는 군경의 반격작전으로 위험에 빠질 수 있다고 판단했기 때문이다. 실제로 여수에 대한 진압군의 최초 공격은 10월 23일에 시작된다. 이후 공격과 후퇴를 거듭하다가 여수를 완전하게 장악한 진압군은 반란군에게 부역한 자들을 찾아내 피의 보복을 가한다. 부역 혐의자로 몰린 사람은 그렇지 않았음을 목숨을 걸고 증명해야 했으나, 그것은 사실상 불가능했다. 특히 백두산 호랑이라는 별명으로 불렸던 진압군 지휘관은 본때를 보여준다며 부역 혐의자들을 일본도로 참수하는 짓도 서슴없이 해치웠다. 반란을 일으킨 자들은 여수를 미리 빠져나가고, 남아 있던 시민들이 애꿏은 희생을 감당했다.

외할머니 최미숙의 남편, 강미진의 외조부가 그런 희생자 중 한 사람이었다. 독립운동을 했던 외조부는 해방된 조국에서 자신이 만들고자 했던 세상을 보기도 전에 일제에 부역했던 경찰의 몽둥이에 맞아 죽었다. 빨갱이라고, 반란군 무리에 합세했다고, 재판도 없이, 즉결 처분되었다.

외할머니의 마지막은 비참했다. 그 무렵엔 요양병원이라는 게 없었다. 치매나 정신병에 걸려 넋을 놓고 지내는 경우도 예외 없이 가족의 돌봄에 맡겼다. 강미진은 아직 어렸고, 나중엔 집을 떠나 학교 공부에 집중하느라 외할머니를 돌볼 수가 없었다. 어머니는, 어머니 강희경은 외할머니보다 상태가 더 나빴다. 정신병원 입원과 퇴원을 반복했다. 그사이 언젠가 집에 방치되다시피 했던 외할머니가 세상을 떠났다.

제국주의자들로부터 제주의 인민을 보호하자고, 또 남조선을 해방하자고 궐기했던 14연대 병사들은 자신들의 생명조차 지켜내지 못한 채 패주하고 말았다. 대가는 참혹했다. 무엇보다 그들과 상관없는 주민들에 대한 피의 보복이 곳곳에서 분별 없이 자행됐다. 대통령은 남녀 아동까지 일일이 조사해서 불순분자는 다 제거하라는 담화를 발표한다. 군경 진압 부대는 초등학교 운동장에 전체 읍민을 집결시켰다. 반란군에 부역했거나, 아니라도 그들의 가족이거나 친척이거나 여부를 가리기 위해서였다. 학교 운동장에 사람들을 집결시킨 경찰 토벌대는 노인과 부녀자들을 운동장 모퉁이로 돌아가게 한 후, 20대부터 40대 남자들을 가려내 도열시킨다. 그리고는 그들에게 팬티만 남기고 모든 옷을 벗으라고 명령한다. 군용 팬티를 입은 자와 머리 길이가 짧은 자, 하얀 고무신을 신은 자들은 즉결 처분을 받는다. 그들은 빨갱이가 된 것이다. 빨갱이는 살아야 할 가치가 없었다. 그들은 아무렇게나 죽어도 아무런 연민을 보낼 가치조차 없는, 인간으로서 아무런 쓸모없는, 다만 박멸의 대상이었다.

아직 죽음을 모면한 사람들은 이제 누군가의 손짓 하나로 죽음을 맞이할 운명이었다. 실제로 평소 악감정을 품고 있던 사람들은 반란군과 아무 상관이 없다는 것을 알고 있었으나 그것과는 무관하게, "저자요" 하고 한마디를 뱉으며 손가락으로 지명하곤 했다. 아무런 확인도 하지 않았고, 공포와 두려움과 절망이 뒤엉킨 하소연도 소용없었다.

이 모든 비극은 나라를 빼앗기고 다시 찾았으나 두 동강 나고 서로를 증오해서 죽임이 반복되었기 때문이다. 내가 죽으면 모든 게 끝날 것으로 알았는데 그게 너한테까지 이어졌으니 너한테 미안하구나. 그래도 내가 할 수 있는 게 아무것도 없으니 너무 무력하구나. 슬프구나. 잠시 정신이 온전하게 돌아왔을 때 서까래에 목을 매고 스스로 죽어가면서 남긴 외할머니의 메모에 그렇게 적혀 있었다. 드문드문 어머니가 들려준 이야기가 그랬다. 듣고 있기 고됐다.

트라우마 센터를 찾는 이들은 대부분 국가폭력의 생존자들이다. 제주 4·3이나 여순 사건 관련자들은 나이가 들어 대부분 세상을 떠났고 5·18 생존자들도 이제 노인이 되었다. 생존자들의 가족과 자녀들이, 혹은 드물게 가해자 쪽이라고 할 만한 이들이 센터를 방문하곤 했다. 언젠가 한국전쟁 당시 스무 살의 나이로 광주교도소에 근무했던 이제 아흔이 훌쩍 넘은 노인 한 사람을 강미진은 면담했다.

노인이 담담하게 낮은 목소리로 말했다. 노인은 당신이 부역자로 몰려 감옥살이를 하거나 교도소를 습격한 좌익과 맞서다 동료를 잃거나 탈옥하던 수감자를 동료 교도관이 쏴 죽이는 것을 지켜봤던 날의 심정에 대해 말했다. 이것이 인간인가, 자주 그런 생각을 했다. 전쟁을 전후한 시기 교도소는 가해와 피해가 섞이는 비극의 공간 그 자체였다. 전쟁 직후에는 전국의 교도소에서 많은 사람이 죽어갔다. 내부에서 서로를 향한 학살도 적지 않았다. 우익이 좌익을 좌익이 우익을 서로 죽였다. 우익이 좌익을 더 많이 죽였으나 문제는 그 비극의 공간에서 살아남은 생존자들에게 이 세상은 더는 누구를 사랑하거나 신뢰하지 않는 것, 자신을 희생하면서 무엇인가 대의를 위해 몸 바치겠다는 생각 자체를 비웃는 것, 누구라도 예외 없이 자신의 안위만을 지켜내려고 몸부림치는 것, 그런 생각의 지배에 매몰되어버린 것, 그런 세상이 문제 아니겠는가? 그걸 어떻게 무슨 수로 고칠 수 있겠느냐, 그렇게 물었다. 물론 강미진이 대답할 수 있는 문제가 아니었다. 그녀는 다만 들어줄 뿐이었다. 그게 그녀의 일이었다.

그 노인은 한 달에 두어 번 센터를 방문했는데, 언젠가 강미진을 그윽하게 바라보더니 지나치게 공손하게 물었다. 선생님은 왜 이 일을 하십니까? 무슨 보람이 있다고 이런 이야기들을 들어주나요? 힘들고 괴롭지 않은가요? 이게 제 일이어서요. 강미진은 담담하게 답했다. 사실이니까. 학부를 거쳐 대학원에서 상담심리를 공부할 때, 그녀가 대면한 사람이 현재 겪고 있는 문제가 무엇인지 파악해서 그 사람에게 맞춤한 치료 방법을 제시해주는 것, 그렇게 하려면 면담자의 이야기를 충분하게 들어주는 것, 그런 수련을 거듭했다. 그녀의 지도교수는, 더욱 중요한 것은, 무엇보다 사람에 대한 신뢰를 잃지 않는 것, 그가 누구든 무엇을 했든 그가 사람인 한 그에 대한 존중의 마음을 갖는 것이라고 자주 말해주었다.

외할머니에게 도움이 되면 얼마나 좋을까, 어린 강미진은 그렇게 생각했다. 외할머니는 그녀가 어른이 되기 전, 중학교도 졸업하기 전에 세상을 떠났다.

수업 중에 쓰러져 응급실에 실려 왔던 30대 초반의 초등학교 여교사가 조금 안정되는 듯했는데, 그래서 퇴원 처리를 하던 때에 그녀가 자살 시도를 했다고, 다시 연락이 왔다. 퇴근하려던 시각이었다. 팀장인 윤과 다른 직원들의 눈이 모두 강미진을 바라보는 것이어서 그녀는 기가 찼으나 두말하지 않고 내가 갈게요, 하고 말했다. 외근은 왜 늘 내게만 주어지는 업무냐고 따져 물었더니, 그래야 요양병원에 입원해 계신 어머니를 자주 찾아뵐 수 있지 않겠느냐고, 배려해준 건데 몰랐느냐는 윤의 대답을 듣고 강미진은 기가 찼다. 업무 시간이 아닌 시각에 일을 보거나 퇴근 후에 어머니에게 가는데, 배려는 무슨.

응급실로 다시 내려온 여선생은 마치 깊은 잠을 자는 것처럼 보였다. 같은 교사라는 그녀의 남편이 어두운 얼굴로 병상을 지키고 있다가 강미진에게 가볍게 고개를 숙였다.

아내가 힘들어했던 건, 아이들의 무례와 학부모들의 악성 민원 탓이 아니었어요. 아이들 모두가 온전하게 예쁜 것은 아니었으나, 그래도 아이들은 대체로 순박해요. 아이니까요, 아직은. 한 남자아이는 5학년이었는데, 지난번 옆에 앉은 아이에게 주먹을 휘둘렀던 아이 말고 다른 아이요. 그 아이는 가끔 굳이 하지 않아도 될 거짓말을 하곤 했어요. 이를테면, 수업을 마친 다음 아이들에게 교실 정돈을 하게 하고 잠깐 교무실을 다녀와서 보면 그 남자아이가 보이지 않곤 했어요. 갑자기 배가 아팠어요. 창자가 꼬이는 것같이 아팠거든요. 아이는 다른 아이들이 책상과 의자를 깔끔하게 정리한 다음에야 교실에 들어와서 얼굴을 찡그리며 그렇게 대답하곤 했어요. 아내는 크게 개의치 않았어요. 아이들은 누구나 자잘한 거짓말을 한다고 배웠거든요. '늑대와 양치기 소년' 이야기는 아이들이 거짓말을 그치게 하는 데 별로 도움이 되지 않는다는 사실도 알고 있었고요. 거짓말을 하면 들키고 그러면 꾸중을 듣게 되고, 그러니 들키지 않을 거짓말을 하게 되고, 그래도 들켜서 더 큰 꾸중을 들으며 아이들은 자라나겠죠. 아이는 어른들의 거울이라고는 하지만, 반드시 그런 것도 아니어서, 아내는 아이들을 온전히 좋아하거나 구태여 싫어하지 않았어요. 교사로서 그의 일을 자랑스러워했을 뿐이죠. 그런데 그게 자랑할 만한 일이 아니구나, 스스로 긍정할 만한 가치 있는 일이 아니구나. 그런 생각이 아내를 저렇게 만들었어요. 그는 흐느꼈다. 호흡이 돌아오기를 기다리며 강미진은 그녀의 곁을 지켰다.

내가 하는 일은 나를 스스로 긍정할 만한 가치 있는 일인가. 강미진은 생각했다. 어렸을 때는 외할머니에게 도움이 되면 좋겠다고 생각했고, 좀 더 자라서는 어머니를 돌보는 데에 도움이 되면 좋겠다고 생각했다. 외할머니는 타인의 돌봄은커녕 그 자신도 돌보지 못하고 노년을 보내다 비참하게 세상을 떠났다. 손가락질로 부역자라는 딱지를 붙여 하루아침에 생목숨을 날려버리는 일이 비일비재했던 것처럼 빨치산의 아내나 딸, 그리고 부역자의 아내나 딸을 성폭행하고 죽여버리는 일이 아무런 제지도 받지 않고, 아무런 두려움도 없이, 곳곳에서 알게 모르게 자행되고 있었다. 외할머니 최미숙의 남편, 강미진의 외조부가 그런 희생자 중 한 사람이었다.

군경 토벌대에 의해서만 그런 것도 아니었다. 14연대 병사들과 그들에 동조했던 사람 중에서도 경찰 가족이거나 우익 청년 가족을 같은 방법으로 성폭행하고 죽여서 골짜기에 내던지고 불에 태워 그 흔적을 지우려 했다. 서로 죽이고, 상대의 아내와 딸을 성폭행했다. 마치 누가 더 상대를 더 많이, 더 잔인하게 죽이고 더 많이 더 잔혹하게 능욕하는지 내기를 하듯이 그들은 아무런 생각과 아무런 두려움과 아무런 후회 없이 그 짓들을 했다. 어느 쪽인가와 상관없이 무수한 생명이 사라지고 짓이겨졌다.

강미진의 외할머니 최미숙은 밤중에 화장실로 끌려가서 치욕을 당할 때, 그러나 필사적으로 반항하지 않았다. 그러다가는 십중팔구 살아남지 못할 것이라는 걸 알고 있었기 때문이었다. 아니라도 죽음이 목전에 있다고 그녀는 직감했다. 저들은 여자들을 성폭행한 다음 어김없이 죽였다. 그래야 그들의 죄가 드러나지 않는다고 생각한 때문이었다. 그렇다고 군경의 지휘관들이 그런 사실들을 전혀 몰랐다고는 할 수 없다. 그들은 부하들의 사기가 꺾이는 것을 원치 않았다. 반란군들을, 빨갱이들을 때려잡을 수만 있다면 무슨 짓을 해도 좋았다. 어차피 빨갱이들은 사람이 아니었다. 그들은 단지 박멸되어야 할 벌레였다. 그들의 아내나 딸은 노획물에 불과했다. 아주 오래전부터 전쟁이 났을 때, 적의 여자들을 취하는 건 승자들의 당연한 권리였다. 그러므로 그들의 부하들이 저지르는 일들에 관여할 것 없다고, 그들은 생각했다.

그러니 이 비극은 전쟁보다 더 오랜, 여성을 대하는 시선의 문제가 아닌가. 트라우마 센터 연구원들의 세미나에서 그런 말들이 오가기도 했다. 그런 말을 불편해하는 이들도, 고개를 끄덕이는 이들도 있었다. 문제는 그래서 어쩌자는 것이냐였지만 누구도 시원한 답을 내놓지 못했다. 이야기를 들어주는 것 말고 다른 건 없을까, 강미진은 자주 생각한다. 다른 것, 뭐, 다른 것. 이야기를 들어주는 것 너머의 무엇.

외할머니는 부역자로 몰려 억울한 죽임을 당한 남편의 신원도 회복하지 못했다. 오히려 남편을 죽였던 토벌대 경관에게 붙들려 인질처럼 언제 끝날 줄 모르는 생을 견뎌야 했다. 그러다 강미진의 어머니 강희경을 낳고, 전쟁이 터지고 그가 지방 좌익에게 죽임을 당하자 비로소 인질의 생에서 풀려났다. 그러나 그것으로 비극이 끝난 건 아니었다. 당신은 내 이야기를 들어줄 마음의 여유가 없겠지요? 강미진은 건너편 소파에 앉아 졸고 있는 여교사의 남편에게 마음속으로만 물었다. 그야 당연할 테지요. 지금 아내의 목숨이 경각에 달렸는데. 그러나 어찌해볼 요량이란 게 도무지 없는 상황인데.

밤의 응급실은 전쟁터와 다름없었다. 교통사고를 당해 실려온, 온몸이 피투성이인 환자에게 심폐소생술을 하는 동안 술에 취한 한 사람이 주삿바늘조차 빼버리고는 고래고래 소리를 지르며 링거 폴대를 휘두르기 시작했다. 사내는 소리쳤다. 도대체 왜 날 먼저 치료해주지 않는 건데, 왜? 날 무시하는 거야! 그는 진정하라고 말을 건넨 간호사의 머리채를 잡고 흔들었다. 여기서 죽을 거야! 늙은 자살 시도 환자가 흥분해 있었다. 먼 지방에서 몇 시간을 헤매다가 대학병원 응급실에 겨우 도착한 어린아이의 부모 얼굴은 가시지 않은 근심으로 딱딱하게 굳어 있었다. 강희경은 불현듯 요양병원에 누워 있는 어머니를 떠올렸다. 어머니는 안녕하실까. 정신없이 달려와 여교사의 상태를 확인하느라 그녀는 무음으로 해둔 스마트폰을 미처 확인하지 못했었다. 받지 못한 전화와 확인하지 못한 메시지가 쌓여 있었다.

아니, 그렇게 연락을 드려도 전화를 받지 않으면 우리가 어떻게 합니까? 평소에는 표정이나 어조의 변화 없이 그저 담담하게 오히려 느릿느릿 말을 하던 요양병원 원장이 전혀 다른 사람처럼 큰 소리로 짜증을 내서 깜짝 놀랐다. 환자 보호자 중에는 운명하셨다는 연락을 받고도 남의 일인 것처럼 외면하거나 연락을 끊어 버리는 경우가 종종 있어요. 밀린 병원비도 그렇겠고 장례 절차에 들어가는 비용도 만만치 않으니까 그런 모양이라고 짐작은 하는데요. 치매에 걸렸거나 도무지 돌볼 형편이 안 되는 부모를 내던지듯 요양병원에 맡기고 아예 이사 가는 경우가 없지 않고요. 그렇다고 우리가 환자들 장례까지 치러줄 수는 없잖아요. 강미진 씨도 몇 번이나 전화하고 메시지를 보냈어도 아무런 반응이 없었잖아요. 우리가 무엇을 어떻게 할 수 있겠어요.

어머니는 요양병원에서 지나치게 멀리 있는 시 외곽 한 장례식장 시신보관소에 있었다. 하마터면 무연고자로 다음 날 화장 처리하려 했었다고 장례식장 부사장이라고 자신을 소개한 이가 나무라듯이 대답하는 것이었다.

어머니가 두 달 전 뇌경색으로 쓰러져 수술을 받은 것은 5·18 묘역을 참배하겠다고 얼룩무늬 군복을 입은 사람들이 진군해 오듯 묘역으로 몰려오는 뉴스를 본 탓이었다. 그들은, 아들을 두 번 죽이러 공수부대가 온다고 써놓은 펼침막 사이로 묘역 참배를 강행하려다가 저지하려는 사람들에게 막힌 탓에 서로 실랑이를 하는 중이었다. 우리는 희생 영령들에게 참배하러 왔다고요. 진정한 사과 없이 참배는 무슨 참배. 진정한 사과란 어떻게 해야 하는 거요? 바로 그 태도가 진정성 없는 태도라고. 우리 모두 역사의 피해자 아니오. 왜 당신들이 피해자야, 가해자지. 우리야 명령에 따라 움직이는 군인이었소. 명령이면 아무 죄 없는 시민들을 마구 죽여도 괜찮은 거야. 시민들도 군대를 향해 총을 들었잖소. 그거야 당신들이 먼저 시민들을 두들겨 패고 끌고 가고 총을 쏴서 죽이니까. 그때는 폭동이라고 생각했소. 지금은? 민주화운동이라고 하잖소. 아니, 당신들 생각을 말해. 민주화운동을 위해 헌신했고 희생한 분들이오. 그렇다면 진정으로 용서를 빌어야지, 그게 순서지. 참배하러 온 것 자체가 역사의 발전 아니오. 역사의 발전 같은 소리 하고 있네, 물러가라. 물러가라.

퇴근해서 어머니가 좋아하는 맑은 미역국에 미나리 낙지 회무침을 만들어 맛있게 밥 한 공기를 다 비운 후 강미진과 어머니는 차를 마시며 텔레비전 저녁 뉴스를 보고 있던 참이었다. 군복을 입은 사람들이 나오는 뉴스는 어머니에게 해로운 일이었다. 방심했었다고, 강미진은 자주 후회했다. 5 · 18 주간이어서 5 · 18 관련 뉴스가 자주 나왔다. 시원한 매실차를 마시던 어머니가 텔레비전을 향해 손을 내밀었다. 무엇이라고 웅얼거리는 듯했으나 말을 알아듣지는 못했다. 어머니가 갑자기 모로 쓰러졌다.

폐렴이 악화한 게 직접적인 사인이지만, 자연사다. 어머니의 죽음을 확인한 사망진단서에는 그렇게 기록되어 있었다. 서류를 내밀던 경관이 물었다. 요양병원 원장의 말로는 5 · 18 뉴스를 보다가 상태가 악화하였다 하던데, 혹시 내가 알아야 할 사정이 있으면 말해도 좋습니다만. 아뇨. 강미진은 말없이 고개를 젓고 돌아섰다. 뇌경색으로 쓰러졌을 때도 강미진은 뉴스에 대해 말하지 않았다. 갑자기, 그냥 갑자기. 그녀는 그렇게만 대답했었다. 요양병원에서 갑자기 상태가 나빠졌다고 했을 때 원장이 말한 뉴스는 1980년 5·18 당시 몸을 다친 계엄군과 그를 치료해주고 숨겨주었던 어느 의사와 계엄군을 인근 병원으로 옮겨 치료를 받게 해주었던 시민군 세 사람이 43년 만에 한자리에 마주했다는 내용이었다. 어느 경우거나 어머니를 겁탈했던 계엄군은 아니었다. 하긴 모를 일이지, 그가 누구인지. 어머니는 5·18 희생자에게 주는 보상 신청을 하지 않았다. 민주주의를 위한 공은커녕 희생이라고. 그러니까 얼룩무늬 군인 한 사람에게 겁탈을 당했다고. 사실은 그가 정말 군인이었는지 확실하지도 않았다. 그 시절 확실한 것은 아무것도 없었다. 어머니는 보상 신청을 하지 않았다. 어머니와 강미진 두 사람만이, 강미진이 아주 어렸을 때는 어머니와 외할머니 두 사람만이 부둥켜안고 뜨거운 울음을 삼켰을 뿐이다.

유골함을 안고 봉안당으로 가는 길에 강미진은 이제 비로소 어머니가, 외할머니에 이어 어머니가 그 질긴 비극의 사슬에서 풀려났구나, 그렇게 생각했다. 뜨거운 불에 타서 가루로 변한 어머니의 시신이 따뜻했다. 왼쪽 뇌를 다쳐 언어 기능을 잃어버린 어머니는 세상을 뜨기 전 짧은 메모를 남겼다.

아무리 지우려고 해도 내 기억에 남은 얼룩이 지워지지 않는구나. 무엇으로도 지울 수가 없구나. 네 외할아버지의 억울한 죽음도, 네 외할머니의 원통한 죽음도, 내가 평생 안고 살아야 했던 내 몫의 비극 그 무엇 하나 제대로 바로잡지 못했구나. 미안하다,

딸아.

대학병원 응급실에서 연락이 왔다. 여교사가 다시 회복했다고, 그런데 깨어나자마자 강미진 선생을 찾는다고 했다. 아마도 그녀 발치에 남겨두었던 짧은 메모를 보았을 것이라고 강미진은 생각 했다. 어떤 경우든 선생님의 삶에서 사랑을 잃지 마세요. 무엇보다 선생님 자신이 누구와도 비교할 수 없이 사랑스러운 존재라는 걸 잊지 마세요. 다행이었다. 전혀 새로운 말이 아니라도 막다른 골목 끝에 서 있는 누군가에는 한 줌의 위로가 될 수 있다는 게. 외할머니와 어머니를 구원하지는 못했지만, 강미진은 그의 일이 가치 있는 일이라고도 생각했다.

상처는 세월이 흘러간다 해서 스스로 치유되지는 않겠지만, 누군가 고통으로 가득한 이의 말을 고요하게 들어주는 이가 있다면, 아주 더디게라도 아물 수도 있으리라고, 강미진은 생각했다. 온전하게 아물지는 않더라도 얼룩을 지울 수는 있을 것이라고, 그렇게 생각했다. 사흘장을 치르지 않고, 아무에게도 부고를 내지 않고 어머니를 화장한 후, 그녀는 아무 일도 없었다는 듯 트라우마 센터로 출근했다.

어, 왔네. 그 여선생, 자살까지 시도했던 그 교사. 팀장 윤이 강미진에게 말을 건넸다. 무슨 소리야, 하고 그의 다음 말을 기다렸다. 그 선생이 응급처치로 깨어난 후 엉엉 울었다네. 수업 중에 제 친구 녀석에게 주먹으로 맞았다는 피해 학생 있잖아. 그 아이의 엄마가 여선생을 살렸다는군. 응급실 의사래. 그리고 학교에서도 그 여선생이 아이들에게 얼마나 자상한 선생이었는지 적극적으로 알려서 누구 하나 그 여선생을 탓하는 이가 없다는군. 아무튼, 수고했어, 강 선생.

그랬나. 아무튼, 상관없지. 살아내는 게 중요하니까. 자신을 아끼고 자신과 화해하고 자신을 사랑해야 다른 모든 걸 온전하게 바라보고 사랑할 수 있으니까. 강미진은 팀장 윤을 향해 깊숙이 고개를 숙였다. 그리고 소리 나지 않게 마음속으로 말했다. 당신은 모르겠지만, 하루도 감사하지 않은 날이 없어, 내겐. 그래야 살 수 있었으니까.

병원에서 만난 여선생의 부탁으로 강미진은 공교육 멈춤의 날 시위에 아직 치료 중인 그녀를 대신해서 나가기로 했다. 누군가의 말을 들어주는 것 너머 그녀가 해야 할 일을 깨달은 듯 강미진은 기뻤다. 다만 지나치게 비장해지지는 말자고 그녀는 생각했다. *

그 희미한 시간 너머로

그 희미한 시간 너머로

부음(訃音)

혼자서 천여 채가 넘는 집을 갖고 있는 자도 있다네. 판교 아파트 청약에는 오천여 가구 분양에 십오만 명이 넘게 몰렸다는군. 아내도 별 반응이 없지만, 김연수도 혼잣말하듯 중얼거리고 있었다. 부동산 투기 앞에서는 보수와 진보의 구분도 여야의 가름도 의미가 없다고 비꼬는 어느 필자의 글에 그는 피식 헛웃음을 지었다. 이봐, 이봐, 이 기사 좀 봐. 예전에 십억 원 상당의 상가 건물과 땅을 대학에 기증했던 어느 젓갈 장수 할머니가 이번에는 일억 원 상당의 땅을 다시 그 대학에 기증했다네. 김연수는 드라마를 보느라 텔레비전 브라운관 앞에 붙박여 있는 그의 아내에게 다시 말을 건다. 돈도 많네요. 잠깐 고개를 돌리며 그의 아내는 건조한 목소리로 한마디 한다. 그러네, 돈도 많네. 그도 혼잣소리로 보탠다. 그래놓고는 뭔가 불편한 어떤 것이 그의 가슴에 잠깐

머무는 걸 느낀다.

만약 그래야 한다면, 그럴 필요가 있다면, 우리가 미워해야 할 대상이란 누구여야 옳을까를 김연수는 잠시 생각해본다. 혼자서 천여 채가 넘는 집을 갖고 있다는 자를? 그들만의 잔치라느니, 당첨은 하늘의 뜻이라느니 하는 판교 아파트 분양에 청약한 이들을? 아니면 평생 젓갈을 팔아 모은 돈 십억여 원을 대학에 기증한 팔순의 할머니를? 알 수가 없다. 그가 내린 결론은 그랬다. 그러니까 그는 세상에 대한 어떤 결기가 사라진 지 오래되었다고 말할 수 있을 것이다. 그러다 그는 문득 이마에 스치는 바람 같은 서늘함을 느꼈다. 지방판 하단 박스 기사의 제목을 보고 나서였다.

"박영선, 지병으로 세상을 뜨다……."

아직 더위가 머뭇거리고 있던 초가을의 어느 날 오후였다. 이봐, 이봐, 그는 아내를 부르다 멈칫한다. 아내의 뒷모습 너머 텔레비전 브라운관에서는 병에 걸린 남편이 이제 막 숨을 거두고 있었다. 아내와 아직 어린 아이 둘을 남기고 떠나는 남편의 여위고 창백한 얼굴에는 굵은 눈물 자국이 얼룩으로 남아 있다. 브라운관 속의 아내와 브라운관 밖의 아내 둘 다 그는 모른 체하고 벽시계를 바라본다. 일주일에 한 번씩의 '도시속대안학교' 야간 수업에 가기에는 아직 이른 시간이었다.

죽은 박영선이나 아직 살아 있는 그나 어슷비슷하게, 과로와 스트레스와 만성피로에 찌든 40대 후반의 나이에 걸쳐 있는 참이다. 끔찍하다기보다 그는 멀미를 느낀다. 봄의 바람, 가을의 물

따라 어느새 40대가 훌쩍 지나가고 있다. 스물세 살 무렵에도, 그에겐 꽃 시절이 없었지만 그래도 그때는 아직 늦지 않았다는 다짐을 곧잘 하곤 했었지 싶다.

비슷한 시간에 이정식은 후원자들과의 저녁 모임 장소로 이동하는 승용차 안에 있었다. 선거를 치르자마자 학력 허위 기재가 문제가 돼서 공석이 된 구청장 보궐선거를 앞두고 그는 계산이 좀 복잡했다. 시의회 부의장 자리에 눌러앉아 있는 것이 좀 더 안전한 선택임을 그가 모를 리 없었다. 다만 그는 욕심이 좀 났다. 기초의원 두 번에 광역의원에 그것도 부의장 정도의 경력이면 한번 해볼 만하지 않을까 하고 그는 생각하고 있었다. 넌지시 부추기는 이들도 없지 않았다. 자리 하나가 비게 되는 까닭일 것이다. 일찍이 어느 시인이, 의례적이라도 비워둔 자리를 전혀 낯선 얼굴이 차지해버렸다고 탄식했다는 말을 술자리에서 흘려들은 바 있었다. 그뿐 시인의 말은 이미 강을 건넌 누구에게도 아무런 울림이 되지 못했다. 퇴근 시간대라 도로는 정체가 심했지만 이정식은 그러려니 했다. 세상일이란 그처럼 막혔다가 뚫리기를 반복하는 것이 아니던가. 나는 나대로 너는 너대로 어물쩍 아물어가는 세월 속에서 길이 열리면 나아가고 막히면 느긋하게 기다리는 것이 무엇보다 건강에 좋은 일이라고 그는 생각한다.

스무 살 무렵 그 꽃 시절의 나이에 그는 전문대 임상병리학 교실의 허름한 실험실에서 자주 통음을 하곤 했다. 그가 평생에 걸쳐 해내야 할 일들이란 환자들의 가검물이나 혈액을 채취해서 검사하는 일일 것이었다. 그러나 예기치 않았던 사건은 그를 전혀 다른 길로 가게 했다. 김연수나 박영선도 함께 맞았던 그날이었지만 되돌아보면 20여 년의 세월 동안 그는 일상의 삶을 한시도 낭비하지 않았다고 스스로를 평가한다. 그 덕분에 지금에 이르렀다고 할 수 있을 것이다. 뱃살이 좀 나오긴 했지만 그의 나이에 흉될 건 없었다. 시력에 아무 문제는 없었으나 그는 부의장에 선출되던 다음 날 금장 안경 하나를 맞추기까지 했다. 지금은 비록 지방 정치인이기는 하지만 정치인에게 이미지 관리가 얼마나 중요한가는 이미 상식일 것도 없었다. 약속 시간에 조금 늦게 나타나는 것 역시 그가 항상 바쁜 사람이라는 이미지를 심어줄 것이라고 그는 생각했다.

판화처럼 신문 속에 박혀 있는 박영선의 작은 사진을 김연수는 오랜 시간 응시한다. 그날에 살아남은 죗값으로 그는 20여 년을 줄곧 연극운동으로 여일했다. 그의 죽음 앞에서 까닭 모를 화가 치미는 건 왜일까 하고 김연수는 생각한다. 생의 어느 한때 사람 좋은 표정으로 웃고 있는 그러나 이마에 깊게 팬 두어 개의 주름살과 너무 커서 슬퍼 보이는 두 눈과 그렇게 생각한 탓이었겠지만 어쩐지 수척해 보이는 박영선의 얼굴 모습이 조금도 낯설지 않다고 그는 생각한다. 자주 피곤해서 병원에 가보았더니 말기 암이었다고, 그리고 두 달 후, 생을 마감해버렸다고 신문기사는 그렇게 건조하게 박영선의 죽음을 전하고 있다.

자신을 위해서라기보다는 식구들 때문에라도 한 번쯤 건강검
진을 받아봐야 하는 게 아닐까, 김연수는 한번 소심하게 생각한
다. 아니라면 이 주간의 훈련만으로도 가능하다는 무사정 조루
방지 페니스 크기 확대 프로그램에 등록해야 하는 건 아닐까. 혼
자 생각에도 실없어서 아내의 뒷모습을 흘깃 쳐다보다가 그는 다
시 신문을 본다. 강남 어느 부동산 업자의 말인데, 종합부동산세
과세를 피해 할 만한 사람들은 이미 다 명의를 옮겨놨다는군. 강
남에서 20~30년씩 활동해온 큰 손들은 앞을 내다보고 투자를 하
니까, 그래. 박영선도 나도 앞을 내다보고 살긴 했을 텐데 박영선
은 몰라도 나는 지금 잘 살고 있는 걸까를 그는 또 한 번 소심하게
생각해본다. 근데 당신은 언제 적 신문을 보면서 그래요? 그 기사
오래전에 난 건데? 아내는 채널을 바꿔 또 다른 드라마를 보고 있
다가 한마디 한다. 응, 이 신문? 어, 어제 조간이네. 이게 왜 여기
있어서……. 그는 잠시 당황스럽다. 그럼 박영선의 장례일은 언
제야? 누구요? 누가 또 죽은 거예요?

그는 박영선의 장례 일자와 시간을 조그마한 탁상용 달력에 빨
간 색연필로 표시해둔다. 옆구리에 암모기 한 놈이 제 딴에는 깊
숙하게 침을 내리꽂고 이젠 뜨거울 것도 없는 그의 피 한 컵을 빨
아들인다. 암컷의 흡혈은 살기 위한 것보다 알을 낳는 데 있어 결
코 겪지 않고서는 안 되는 일이라고 들어 알고 있지만, 그는 괘념
하지 않고 놈을 가장 잔인하게 죽인다. 엄지와 검지 사이에 넣고
놈의 형체가 없어질 때까지 비벼대지만 물론 그렇다고 빼앗긴 그

의 피를 되찾을 수 있는 건 아니다. 또 물론 그렇다고 혼자서 천여 채의 집을 갖고 있다는 자에게 그의 몫을 빼앗겼다는 뜻은 아니다. 평생 젓갈을 팔아 모은 돈 십억여 원을 대학에 기증한 팔순의 할머니에게는 더욱더 아니라고 그는 생각한다.

난만한 웃음이 탁자 위에

이정식이 저녁 식사 시간에 만난 이들은 모두 셋이었다. 후원 자라기보다는 거래 관계에 있는 이들이라고 해야 옳을 것이었다. 하기야 사람들의 관계에서 거래 아닌 것은 아무것도 없다고 그는 생각한다. 정년이 얼마 남아 있지 않은 시청의 국장은 한 달 후에 있을 작은딸의 주례를 그에게 부탁했지만, 그것이 빈말이라는 것을 그 자리에 있던 이들 모두가 모르지 않았다. 곧 의회의 정기회의가 공고될 시기였다. 국장님도 별말씀을 다 하십니다. 아직 젊디젊은 제가 무슨 주례를 다 합니까……. 축의금을 많이 내놓으시라는 뜻이겠지요? 관급 공사를 많이 하는 건설회사의 이사가 스스럼없이 끼어든다. 독립해서 회사를 차릴 것인가, 그대로 눌러앉을 것인가를 이사는 고민하는 중이다. 오늘의 후원자는 그다. 돈을 내는 날은 누구나 표정에 활기가 있지 하고 이정식은 생각한다. 그러고 보니 그는 돈을 모으지는 못했다. 몇 번의 선거 때마다 다른 이들의 신세를 져야 했다. 그리곤 다시 갚아야 했으니 그것만도 다행이라고 그는 생각하기로 한다.

지난번 선거를 앞두고는 때아닌 결혼식 청첩장을 돌렸던 이정식이었다. 제대로 결혼식을 하지 못했던 게 늘 마음에 걸렸던 그는 아내의 불평과 현실의 요구를 다 해결하기 위해서 다소간의 뒷소리를 참아내기로 했었다. 그는 자신의 눈부신 성공을 하례객의 숫자와 봉투에 들어 있는 돈을 통해 확인했다. 그때 아파트 평수를 배나 늘려나갈 수 있었다. 올해부터는 지방의원도 유급화가 되었다. 지난 20여 년 동안 제대로 된 월급이라는 걸 받아본 기억이 없는 그로서는 그것만으로도 현재의 자신의 모습이 대견했다. 앞으로는 생활에도 훨씬 여유가 있을 것이다. 구태여 보궐선거에 뛰어들 것이 무언가. 그렇게 결정하고 나자 그는 마음이 편안해진다. 과유불급이라 했고, 가진 것이라도 잘 지키는 것 역시 지혜가 아닐 것인가. 다만 낚시찌에서 한순간도 눈을 떼지는 말자고 그는 다짐한다. 언제 찌가 움직일지 모르니까. 오래 기다린 사람에게는 찾던 것이 어느 순간 올 것이니까. 그때 딴 데 눈을 팔고 있으면 기회란 바람처럼 멀리 달아나버리지, 하고 그는 생각한다.

몇 잔의 술이 돌고 그 기운에 난만한 웃음이 탁자 위에 넘쳐난다. 오랫동안 총포상을 해온 남편의 일 때문에 얼굴이 굳어 있던 초로의 여인도 하고 싶은 말을 다 했다. 집에 돌아가면 남편이 돌아와 있을 것만 같은 기분으로 그녀는 흡족한 표정을 지었다. 이정식에게 그녀는 혹과 같은 존재였다. 사실 자신의 지지기반이란 그녀가 회장을 맡고 있는 어느 단체의 상징적 이미지일 뿐인 것이다. 그는 그 점을 늘 잊지 않았다. 그녀를 위해 수사과장에게 아쉬운 소리를 좀 한다손 치더라도 그녀가 선거 때마다 몰고 오는 더 많은 것들과 비교하면 감수할 만한 가치가 있다고 그는 생각했다. 물론 이런 사소하면서도 잡다한 부탁들에서 그는 이제 벗어나고 싶었다. 이것은 생활 정치도 뭣도 아니라고 한 번씩 치밀어 오르는 것이 있었으나, 그래도 그날의 공포와 혼돈이 정리된 이후부터 지금까지, 그리고 아마 오랜 시간이 지날 때까지 그녀와 그녀가 회장을 맡고 있는 단체는 모종의 현실적 힘으로 기능할 것이 틀림없었다. 그랬으므로 이정식은 그녀를 향해 싱긋 미소까지를 지어 보냈다. 미소뿐이겠는가. 발에 입이라도 맞추라면 또 못 할 게 무엇인가 하고 그는 생각했다. 유권자를 좆으로 알면 안 돼, 누군가의 말투를 흉내 내어 가만히 발음해본다. 별다른 일이 생기지 않는다면, 나중에 죽어서도 이웃일 처지이기도 했다. 일어서기 전에 그녀는 이정식에게 소식 하나를 전한다. 그, 박영선 씨라고 있잖아요? 소극장하던 사람. 죽었다던데, 연락받으셨죠? 의원님도 건강 조심하세요. 아직 젊다고 술, 담배 마구 하지 말고. 네, 잘 가세요. 건강합시다, 하하하…….

이정식은 그 소식을 아직 듣지 못했다. 두어 번 만난 것 같기는 하지만 잘 아는 사람도 아니었다. 하긴 내가 잘 아는 사람이 사실 누가 있나, 그는 시니컬하게 웃는다. 무엇보다 세상은 확실히 달라졌다고 그는 생각한다. 그때 많은 사람들은 무엇이 옳은가를 밤새 따졌지만, 오늘은 무엇이 재미있는가가 시대를 움직이는 코

드가 되었다. 나쁠 건 없다. 무엇이 옳은 일인가를 밤새 따지던 일도 사실 재미있었다고 해야 옳을 테니까. 문제는 박영선은 세상을 너무 진지하게만 살아왔다는 것일 게다. 그날에 살아남은 자의 죄 갚음이라고들 했지만 어쩌면 가끔, 그 무거운 짐을 한순간 내려놓고 싶은 날이 없지 않았을 것이다.

그러므로 박영선의 죽음은 암세포에 의한 것이라기보다 시효가 끝나버린 시간에 대한 절망이었을지도 모르겠다고 그는 혼자 생각한다. 아니라도 장례에는 당연히 가봐야겠지 하고 그는 고개를 가만 끄덕인다. 집을 향해 오르는 엘리베이터 안에서 그는 거울에 비친 자신의 얼굴을 한번 응시해 본다. 왼쪽 눈썹 바로 위에, 그날에 아주 우연히 스쳐 지나간 총알의 상처가 음각처럼 뚜렷하게 남아 있다. 이것이 미래에도 나의 성공을 담지해줄 훈장이야, 그는 중얼거린다.

낯선 세대들의 입맞춤만 가득한

일주일에 한 번 가는 '도시속대안학교'에서의 수업을 마치고 김연수는 집으로 돌아가는 길이다. 비인가 대안학교에 오는 아이들은 거의 다 학교에서 쫓겨났거나 스스로 그만둔 아이들이다. 그들이 스스로 자신을 긍정하는 힘이나 사회 적응력을 기르도록 도와주는 일이란 난망한 일이다. 학과 공부를 지도하는 일이 그나마 손쉬운 일인데 그것도 많은 인내가 필요하다. 한심할 정도로 공부가 안 돼 있기 때문이다. 내가 왜 이 아이들을 보러 오는가. 나도 그들처럼 누군가의 따뜻한 손길에 목말라하며 상처를 깊숙이 감추고 지냈던 날들이 있었지. 그러나 그것 때문이라면 이제 이곳에 더 이상 와야 할 이유가 없지 않을까. 그는 매번 낙담한다. 아이들은 상처의 속살을 드러내려 하지 않는다. 그래, 제각각의 몫으로 혼자서 가는 것이다. 그게 옳다. 그는 그렇게 생각하기로 한다. 세 곳의 방과후학교와 한 곳의 문화센터에서의 수업만으로도 그는 충분히 피곤하다.

소설은 더 이상 써지지 않는다. 아니 쓸 것도 없다고 김연수는 밤길을 걸으며 생각한다. 그도 박영선처럼 그날의 아픈 기억밖엔 써먹을 게 없고, 그 옛이야기는 이제 그가 들어도 사실 싫증이 난다. 박영선의 소극장 무대에선 여태 군화 발자국 소리 들렸으니 누가 지갑을 열고 색 바랜 기억을 사겠는가. 어느 때고 진실은 잘 팔리지 않을뿐더러 조금은 불편하기도 한 것이다. 물론 군홧발은 진실이고 여배우의 벗은 몸은 거짓이라는 뜻이 아니다. 전혀 새로운 열망으로 달아오른 낯선 세대들의 입맞춤만 가득한 광장을 눈살 찌푸리고 바라볼 필요도 없을 것이다. 아주 많은 것들이 변했다는 것을, 우리가 고향에서 얼마나 멀리 떠나왔는가를 지금 그는 생각하고 있을 뿐이다.

박영선이 어느 날 자리에서 일어나다 느꼈을 법한, 그의 몸이 무언가 예전 같지 않다는 수상쩍은 생각을 오늘은 김연수가 하고 있는 중이다. 그는, 한 번은 걷다가 팔다리에 갑자기 힘이 빠져 발을 헛디딘 적도 있었다. 식욕도 없고 입맛은 갈수록 까다로워져서 끼니때마다 이번엔 또 무얼 먹을까의 궁리로 딴전 피우는 아이처럼 한참의 시간을 보낸다. 그러다가 정작 배가 고파서 짜증이 일기 시작하고, 곧바로 두통이 내습하는 것이다. 정말 몸이 지쳐 아무런 생각도 하기 싫을 때면 아늑하고 깊숙한 잠속으로 빠져드는 것처럼 행복한 게 없다고 그는 고개를 끄덕인다. 그에겐 이제 아무런 분노나 욕망이나 희망마저도 사라져버린 듯하다. 은퇴한 노인처럼 양지바른 곳에 흔들의자를 내놓고 꾸벅꾸벅 오수를 즐기며 하루해를 보내고 싶다는 가끔씩의 상상만이 그에게 위안을 줄 뿐이다. 또 가끔은, 죽음이 이렇듯이 깨어나기 싫은 숙면처럼 편안하기만 하다면야 굳이 슬퍼할 게 뭐 있을까 싶은 생각도 드는 것이다.

그는 정말 몸이 나빠진 것 같다고 생각한다. 종합검진을 해봐야지 하는 생각을 가끔 하지만 그러다가 혹 예기치 않은 발견이라도 있으면 그걸 어떻게 감당하나 싶어 자꾸만 뒤로 미루는 중이다. 티베트의 승려처럼이야 할 수 없겠지만 이제 좀 웬만한 일에는 그러려니 하고 느긋하게 생각하자는 다짐이 부쩍 잦은 것도, 속 끓이고 난 뒤끝마다 마치 지독한 숙취 때의 다음 날 아침처럼 머릿속에 전갈이 헤집고 다니는 게 예삿일 같잖아서일 터였다. 그러나 삶은 혼자의 다짐처럼 단순한 게 아니어서 그는 자주 무거운 비애를 느낀다.

박영선 씨라고 있거든. 연극운동 했던 사람인데 엊그제 죽었다는군. 김연수는 오랜만에 아내의 몸을 만지면서 꿈속에서처럼 중얼거린다. 그러나 그의 죽음이 내게 준 충격이란, 미안하지만 그에 대한 일말의 부채감 때문은 아니야 하고 그는 생각한다. 뭐라는 거야, 뭐라고 혼자 소리하는 거야? 그의 아내가 이미 무뎌진 김연수의 단도를 가볍게 쥐고 흔들며 엷게 웃는다. 응, 박영선처럼 마지막 날 새벽의 도청에서뿐 아니라, 교도소의 외딴 창고에서나 상무대의 습기 찬 영창에서도 나는 삶과 죽음의 넘나듦을 너무도 비참하게 무수히도 치러냈어. 그 얘긴 왜 새삼스럽게? 응, 부박하고 곤궁한 삶일망정, 나 혼자서 그날의 의미를 사유화하거나 영달의 도구로 휘두르며 살아온 건 아니잖아? 그러니까 난 그에게 미안한 거 별로 없어. 연극 한 번 보러 간 적 없다는 게 미안할 뿐이야. 응, 당신은 항상 시간이 없잖아. 그 사람 아이들이 셋이나 된다는데, 한참 돈 많이 들어갈 시긴데 안됐네. 그래, 그래. 발인은 언제래요? 이틀 후야. 장지는? 운정동 묘역. 운정동 묘역이라……

입속으로 중얼거리다 말고 그는 아내의 몸을 벗어난다. 그의 영결식에는 가봐야 하지 않을까 하는 순간부터 그의 마음 한 자락을 불편하게 했던 것의 정체란 이 운정동 아니었을까. 묘역이 호사스럽게 꾸며진 뒤로는 한 번도 그곳을 찾지 않았고 그와는 무관한 듯 지내왔던 김연수였다. 그에게도 어느 틈에, 그리고 어떤 의미에서든, 운정동이라는 고유명사가 아득히 잊히고 있거나 기억하기에 편치 않음의 대상이 된 것이다. 그런 것이다. 그러므로 사람만이 희망이라고 말했던 어떤 시인은, 사람의 속성을 아직 잘 알고 있지 못하거나 아니라면 지나치게 상업적인 게 아닐까, 그는 생각하며 어두운 거실을 혼자, 한참 동안 어슬렁거렸다.

임인규는 아침 일찍 마륵동에 있는 화훼단지에 나갔다. 아이구, 사무총장님. 오늘 행사가 있는 모양입니다그려? 그를 보자 화훼단지 사람들이 아는 체를 한다. 총장님이란 그가 예전에 관련 단체 일을 보던 시절 명함에 박혀 있던 자리 이름이다. 총장님은 뭔 총장님이요, 언젯적 얘긴데. 오늘 시세는 어쩌요? 어찌 들으면 비아냥거리는 듯한다는 생각이 없지 않았으나 그는 과히 싫지 않은 표정이다. 공자도 말했다. 마을 사람 모두에게 좋은 소리를 듣는 이는 없다. 그렇다. 나를 좋아하는 사람도 있고 싫어하는 이도 있다. 이것이 세상이다. 그는 이렇게 단순하게 생각을 정리하는 좋은 습관이 있었다.

제화공이었던 스무 살 시절 그때, 문화방송이 불타던 밤의 일을 그는 새삼 떠올린다. 누군가 방송국에 불을 질렀고, 화염이 타올랐고, 의미를 잘 알 수 없는 함성이 일었으며, 1층 전자제품 대리점의 주인은 혼자서 가전제품들을 밖으로 끌어내느라 허둥댔고, 진압군의 장갑차가 군중들을 향해 무서운 속도로 돌진해 오던 때, 그는 다른 많은 사람들과 함께 전남여고 적벽돌담을 뛰어넘어 그 순간을 피했다. 그랬으나 우르르, 억. 담장이 무너지고 몇 사람이 엉켜서 넘어지고, 그 맨 아래에 그가 있었다. 왼쪽 다리를 절룩거리게 된 전말이란 그러한 것이었다.

그는 제법 많은 양의 국화꽃들을 사 왔다. 정오 무렵 운정동 묘역에서는 박영선의 영결식이 열릴 것이었다. 운정동 묘역 입구에는 여러 개의 화원이 있지만 행사가 열리는 때는 대부분 임인규의 화원에서 꽃들을 샀다. 그는 민주유공자이고, 그냥도 아닌, 한때의 일이기는 했으나 한 단체의 사무총장을 지냈던 인물이었기 때문이다. 그런 사실을 그가 스스로 입에 올려 알려진 건 물론 아니었다. 해마다 때가 되면 기삿거리를 필요로 하는 이들이 이 고장에 내려와 어슬렁거리는데, 그날의 투쟁에서 다리를 다친 인물이 운정동 묘역 입구에서 망자들을 위해 꽃가게를 열고 있다는 것은 흥미 있는 기삿거리일 수 있었다. 아니 사실이 그러하기도 했다. 함께 싸우다 먼저 가신 임들을 지키는 아름다운 투사의 이미지는 그와 잘 어울렸다. 그도 죽으면 묻힐 묘원이 이곳이었다. 어느 주간지의 표지에 실렸던 그의 사진을, 운정동 묘역을 배경으로 엄숙하면서도 쓸쓸한 표정을 짓고 서 있는, 큼직하게 확대해서 액자에 넣어 걸어둔 그의 사진을, 그는 하루에도 몇 번씩 올려다보곤 했다. 그는 늘, 이래뵈도 나는 민중운동의 자랑스러운 투사였어, 라고 중얼거렸다. 그른 말은 아닐 것이다. 다만 그가 무엇을 위해 어떻게 싸웠는가가 문제 되기는 할 테지만.

그에게 불만이 없는 건 아니었다. 저지난번에도 그랬고 지난번에도 그가 신청했던 구의회 의원 후보 자리가 다른 이에게 돌아가는 것이었다. 핑계는 많지만 까닭은 명료했다. 그의 학력이 내세울 게 없다는 것 아니겠는가 하고 그는 생각했다. 민중이 주인되는 대동 세상을 위해 몸 바쳤건만 그 과실은 다른 이들이 가져가고 있는 게 그는 마음에 들지 않았다. 필요할 때만 민중 어쩌고하는 자들에게 오랫동안 휘둘리지는 않았을까 해서 그는 요즘 부쩍 무언가 손해 보았다는 느낌이다. 투쟁의 경력만으로 본다면이정식 따위에게 밀릴 게 무엇인가 하고 그는 또 생각했다. 그가사무총장일 때 이정식은 그의 아랫자리인 사무차장을 했었지 않은가. 국화꽃 다발을 묶다 말고 그는 엄지손가락으로 코를 탱, 풀었다.

이제 우리는 모두에게 용서와 화해의 손을 내밀어야 합니다. 잘알려진 목사가 낡은 레코드판 돌리듯 언제나 같은 소리를 영결식장에서 또 하고 있었다. 김연수는 지겨움을 느낀다. 용서는 강자의 몫이어야 마땅하다는 생각을 그는 한다. 무엇보다 그는, 피 흘리며 쓰러지던 그를 억지로 일으켜 세우고선 닥치는 대로 퍽, 퍽,몽둥이를 내리치던 진압군들을 결코 용서할 수 있는 게 아니었다. 허리를 다쳤으니 제발 좀 그만 때려달라고 애원하던 그를 그들이 어떻게 했던가. 그러냐고, 그러면 똑바로 서라고, 그리고 그들은 뼈가 깨지고 터져 검붉은 피가 청바지를 적시고 쓰러질 때까지 몽둥이로 두 다리를 내려쳤었다. 반역죄를 짓기라도 했던가. 가래떡처럼 부풀어 오를 때까지 그의 손바닥에 몽둥이를 내리치던, 검게 그을린 얼굴의 디룩디룩 황소 눈알을 굴리던 헌병도, 취조실에서 까닭 없이 욕설과 주먹을 날리던 뱀눈의 사복에 대해서도 그는 영원히 용서가 가능한 일이 아니라고 생각한다. 원한은 원한대로 간직하고 사는 게 그나마 힘이 되지 않을까 하고 그는 생각하는 편이다.

그러나, 금남로를 지나 운정동까지 오면서도 그는 사실 별다른 느낌이 없다. 호화롭게 살다 죽은 옛 왕들의 능을 지날 때도 그가 이리 무심했던가. 새삼 놀라운 일이다. 그가 지금 살고 있는 아파트단지 근처가 예전에 군부대 영창이 있던 곳이고, 그해 여름 내내 그가 신음하며 지냈던 곳임에도 별다른 느낌이 없는 것처럼, 언제부터인가 중요한 건 기억이 아니라 일상의 삶이라는 것을 새삼 깨닫는 것이다. 그러므로 이제 용서고 원한이고 다 부질없다고 그는 생각한다. 이것은 누구의 잘못인가. 시간의 문을 통과한 우리가 이렇듯 하나둘 죽고 나면 이 거리에서의 싸움의 기록은 아득한 전설로라도 남겨지기는 할 것인가 하고 그는 생각한다. 다만 국립묘지로 관리되고 있는 운정동 묘역의 웅장함이 어딘가 어색하다는 느낌을 그는 갖고 있었다. 우리가 원했던 것은 아마 이런 게 아니었을 것이다, 하고 그는 막연히 생각했다.

하관(下官)

이정식은 영결식장에 괜히 왔다는 생각을 한다. 예전 그의 결혼식장에 왔던 하객들의 숫자와 비교하면 너무도 초라한 장례식이 아닐 수 없다. 이만한 숫자의 사람들과 눈도장을 찍느라 시간을 낭비하기보다는 시청 앞 광장에서 한창 진행 중일 7080 콘서트에 갔어야 했다고 그는 생각한다. 요즘은 하루걸러 무슨 콘서트라느니 지역 축제니 하는 게 많아서 빼먹지 않고 찾아다니기 정신없을 정도다. 시의회 부의장이 가면 짧게나마 인사할 시간을 주는 게 보통이다. 그런데 이 영결식장에서는 그에게 추도의 말 한마디 해볼 기회를 주지 않은 것도 그의 기분을 상하게 했다.

소위 운동을 오래 한 자들은 자신들을 모든 것의 중심에 놓는 버릇이 있어서 다른 권위를 인정하는 게 인색하다고 그는 새삼 느낀다. 그래도 그는 속내를 감추는 데 익숙하다. 그는 정치인이 된 것이다. 아까 임인규를 얼핏 본 것 같은데 다른 곳에서 꽃 한 묶음을 사 들고 온 게 그는 영 꺼림칙하다. 그와 나는 수준이 다르다고 그는 생각한다. 감히 어딜, 누구와 비교하려 드는가. 그리고 제 잘난 맛에 사는 김연수는 하도 오랜만에 보아서 처음엔 알아보기 쉽지 않았다. 이정식은 장차 죽어 묻힐 이 묘원을 흐뭇한 표정으로 바라보았다. 부지런히 경력을 관리해 나간다면 죽은 후에도 아마 좋은 터에 자리를 잡을 수 있을 것이라고 그는 생각했다. 공수래공수거라는 말은 괜한 소리라고 그는 고개를 끄덕인다.

임인규도 낭패였다. 사람들이 워낙 오지 않은 탓에 준비했던 꽃 묶음들이 거의 팔리지 않은 탓이었다. 지금은 운정동 묘역에 일반 참배객들도 몰리는 때가 아니었다. 재고를 어떻게 처리하나 하는 생각으로 그는 머리가 지끈거려왔다. 그런 데다 이정식이나 김연수가 다른 곳에서 국화꽃 묶음을 사 들고 오는 것을 보았을 때 그는 얼굴에 경련이 이는 것을 스스로 느꼈다.

그들이 내가 이곳에서 화원을 하고 있다는 것을 모르지 않았으리라. 아무려면 내가 다른 곳보다 더 비싸게 받을까. 아는 사람 도와주면 서로 좋은 것을 무슨 맺힌 억하심정이 있다고 그랬을까 싶어 그는 견디기 어려운 분노를 느꼈다. 이렇듯 일상은 우리의 기억을 무화시키는 것이리라. 아니, 어느새 적보다 한때의 동지를 더 미워하는 것이 아무렇지도 않은 관성이 되어버렸다. 아, 그런데 우리가 한때나마 동지이긴 했을까. 임인규도 이정식도 김연수도 각자 그렇게 생각하고 있을 때, 천천히 관이 내려지고 몇 사람의 숨죽인 오열 속에 흙이 덮였다. 대부분의 사람들은 말없이 흩어져 제 갈 길로 사라져갔다. 임인규와 이정식과 김연수도 보고서도 못 본 척 서로를 비켜갔다.

아무렇지도 않다는 듯 세상은 딴청인데

운정동에서 어긋나던 때로부터 두 달 후 가을이 깊어가던 어느 날 저녁 무렵, 조철기 선생의 구청장 보궐선거사무소 입구에서 세 사람은 다시 어색하게 지나친다. 우선 김연수는 현수막에 적혀 있는 글자를 하나씩 발음해본다. 민주투사 조철기. 때마침 불어온 바람에 포도 위를 구르던 나뭇잎들이 회오리를 일으키고 널어둔 빨랫감처럼 현수막이 펄럭거린다. 사형수였던 조철기, 빵빵 경적을 울리며 버스 기사가 앞을 가로막은 서툰 여자 운전자에게

종주먹을 들이민다. 씨팔, 집에 가서 밥이나 할 것이지 왜 돌아다니고 지랄이야.

조철기와 함께 개혁을, 조철기와 함께 희망을, 그는 욕지기가 인다. 배가 고파서일 것이다. 수업을 마치고 바로 오느라 그는 아직 저녁을 먹지 못했다. 그러고 보면 그는 늘 허기가 져서 지내는가 싶기도 하다. 사무실 안에 조 선생이 있을는지 그를 만나면 무어라 인사를 해야 좋을지 망설이느라 그는 주춤거리고 서 있었다. 그로서는 박영선의 영결식에 가봐야 하는 것처럼 조철기의 선거사무소에 한 번쯤은 들러봐야 했다. 그것이 사람의 예의였다. 김연수의 생각에 그래도 오랜 세월 흔들리지 않고 제 길을 걸어온 이는 조철기 정도밖에 없었다. 그는 조철기를 존경하기보다는, 좋아했다.

임인규는 조철기 선생의 선거사무소에 화분과 화환들을 배달하느라 흥이 났다. 절로 콧노래가 나왔다. 조 선생이 선거에서 제발 이기기를 진심으로 기원했다. 구청에서 필요로 하는 꽃 화분들을 독점 공급할 수 있게 된 것처럼 그는 마음이 들떴다. 오래 살다 보면 좋은 일들이 꼭 생기게 마련이고, 그래서 가능하면 죽지 않고 살아남아야 할 일이라고 그는 생각했다. 한쪽 다리를 절룩이며 봉고차에서 화분들을 내려 선거사무소 입구에 진열하다가 그는 얼핏 김연수를 보았다. 그의 생각에 김연수와 특별히 얽힌 일은 없지만 하여간 재수 없는 놈이었다. 두 사람은 얼굴을 외면했다.

길 건너에서 운동원으로 보이는 여인들과 이정식이 다가오고 있었다. 김연수는 낭패스러운 표정으로 그들을 바라보았다. 저녁 식사를 마친 듯 이쑤시개를 질근 거리며 대여섯의 사내들이 횡단 보도의 신호등 앞에 서서 그들을 건네다 보고 있었다. 낯설지 않은 것으로 보아 이정식과 함께 조철기의 선거운동을 도와주고 있는 이들로 보였다. 그는 불편한 기분이 빠르게 스쳐 가는 것을 느꼈다. 오지 않아도 될 것을 그랬다고 생각하며 그는 이정식에게 손을 내밀었다. 오랜만이네. 그런데 이정식은 아예 그를 못 본 척했다. 일행인 여인들이 곁눈으로 그를 흘끔거리며 그 뒤를 따라 선거사무소로 올라갔다. 왜 내가 이런 대접을 받아야 하는지 잠시 영문을 알 수 없었던 그는, 그러자 화가 났고 괘씸한 생각이 들었고, 극심한 피로와 두통을 느꼈다.

오, 이게 누군가? 김연수, 자네가 여긴 웬일이당가? 무례를 느낄 만큼 그의 어깨를 탁, 치며 사내 하나가 능을 쳤다. 임인규와 늘 어울려 다니는 주먹패 중의 하나였다. 옳지, 조 선생님이 출마를 했으니 당선이야 따놓은 당상이고 아하, 자네도 미리 한 몫 껴보겠다 이거지. 그럼, 그럼 생각 잘 했네. 자네야 능력 있는 사람이고 그 능력이 차고 넘쳐서 그게 문제였던 친구니까. 그란디, 사람이 하도 많아서 자네한테 마땅한 자리가 있을랑게 모르겠네.

그는 빨리 이 장소로부터, 이들로부터, 이 곤욕으로부터, 벗어나고 싶었다. 그는 침묵으로 그들을 외면했고 구원을 바라듯 혹 조철기 선생이 나타나지나 않을까 주위를 둘러보았다. 예의 사내가 갑자기 그의 목을 움켜쥐었다. 너무 갑작스러운 일이라 김연수보다 오히려 그들 일행이 놀란 토끼 눈인 채 멈칫했다. 김연수는 사내의 우악스러운 손아귀를 벗어나지 못하고 캑캑거렸다. 눈앞이 흐려졌다. 이봐, 왜 아무 말이 없는 거야? 내가 같잖다 이거지? 네놈이 예전에 신문에 투고한 걸 보았지. 오월의 금희가 살아온다면 살아남은 우리가, 뭐 창부 같은 우리가 그녀를 어떻게 대할 수 있을까 그랬던가? 이 너 혼자 잘난 새끼야. 그러면 어쩌란 말이냐? 많이 배운 놈들은, 하다못해 여기 조철기 선생만 해도 그때 대학을 다녔고 이름 있고 지식인이니께 오늘날 단체장 선거에 공천을 안 주냐? 그란디 나같이 가방끈 짧아불고 가진 것이라곤 두 쪽 방울밖에 없는 놈들은 별수 있다냐? 여기저기 쑤셔보고 성가시게 해야 산 입에 풀칠을 할 수 있다니께. 야, 민중이 잘 먹고 잘 사는 게 좋은 세상 아니냐? 우리가 왜 총을 들었다냐? 다 같이 잘 먹고 잘 살자고 그런 거 아니냐? 그란디 뭐 우리보고 창녀 같은 자들이라고야? 차라리 너 같은 놈이 어중간하게 무능하고 차라리 응큼한 거 아녀? 이정식은 차라리 똑똑하기라도 하고 임인규는 성실하기라도 안 하냐? 너는 그들이 부럽지야? 너는 여전히 좆도 아니지? 여기 왜 왔어? 미리 한자리 보아두겠다 그 속셈 아니어야?

그는 숨이 꽉 막혀 아무 소리를 낼 수 없었는데 사내는 대답을 하라고 틀어쥔 목을 마구 흔들었다. 이마엔 땀방울이 솟고 심한 갈증으로 목이 탔다. 사내들은 그러나 뜯어말리지 않았다. 그들과의 구원이 있었던가. 그래서일 것이다. 누군가는 박수를 쳤다. 그래, 한번 맛을 보여줘. 어쩌면 임인규의 목소리 같기도 했다. 묵은 감정의 근원을 더듬어보면, 그들이 아니라 김연수 자신이 더 많은 몫을 가져야 한다고 생각했던 때문일 것이다. 그래 그는 사내들의 폭행이 가슴에 깊이 남을 상처가 되지는 않을 거라는 생각이 들었다. 그런 게 있었다면, 그들에게 진 빚을 갚았다고, 그는 생각했다. 전부는 아니더라도 어느 만큼은 그들의 말을 긍정할 수밖에 없지 않은가, 라는 생각도 김연수는 들었다. 그들의 탓만은 아닌 것이다.

갑갑해서 침을 뱉을 때마다 김연수의 목에서는 한 줌씩의 피가 묻어 나왔다. 조 선생을 만나지 못하고 돌아온 게 그는 아쉬웠다. 본 지가 오래였고, 당선되고 나면 그에게도 중요하고 시급한 일은 그 자리에 걸맞은 많은 일이 기다리고 있을 터였다. 이젠 정말 누가 그날의 진실을 묻고 간직하고 전할 것인가, 벌써 아무렇지도 않다는 듯 세상은 딴청인데. 그는 사내들의 패거리에게 봉변을 당한 것보다 몇십 배 더 가슴이 아팠다. 그러나 그것도 좋은 일이 아닐까. 그 희미한 시간 너머로 우리는 이렇게 변했지만 여전히 아직은 살아 있어 제각각의 몫을 누리고 있으니 그럼 된 것 아닌가. 제각각의 몫을 누리고 살자고 그날 우리는 거리로 나서지 않았던가, 헛헛. 아니 캑캑. *

방어할 수 없는 부재(不在)

방어할 수 없는 부재(不在)

사건을 조사해보기로 한 그들은 교도소로 임인순의 면회를 갔다. 임인순의 딸 조미숙과, 수수께끼 같은 인물 최동환이 동행했다. 문흥동 시내버스 종점의, 지금은 사거리가 되었지만 여전히 옛 이름 그대로인 삼거리 주유소를 지나면 곧바로 교도소 입구에 다다르게 된다. 주위에 제법 큰 아파트 단지가 숲을 이루고, 농수산물 도매센터도 자리를 잡아 이제 교도소는 예전처럼 허허벌판 위에 있지 않다. 다만 갇혀 있는 사람들은 여전히, 그리고 저 홀로 허허벌판에 서 있다고 믿을 터이지만.

그들은 정문을 지나, 빙 둘러쳐진 옥사(獄舍)의 담장과 귀퉁이마다의 망루, 그리고 완강히 버티고 선 철문들에 눈을 주며 묵묵히 본관으로 향했다. 이 특별한 건물이 주는 얼마간의 비장감에다가 스쳐 지나는 사람들의 한결같이 그늘진 표정에서 묻어나오는 쓸쓸함 탓에 그들은 약속이나 한 듯 모두 침묵했다.

김현진은, 그의 지난 시절 한때 말 없는 울음으로 고통을 견디거나 혹은 검붉은 피로 청바지를 적시며 뒹굴던 곳이 저 담장 안 어딘가에 있겠지 하고 잠깐 생각했다. 어떤 식으로든 세월이 흘러 이제 잊혔을 법한 그날의 참혹했던 기억 몇 조각이 그의 뇌리를 짧게 스친 탓이었다.

도수 없는 금테 안경을 만지작거리며 정달호 역시 두 번의 복역 시절을 추억하는 듯했다. 권좌를 차지한 군인 독재자가 금남로를 지나갈 때 그가 타고 있는 리무진을 향해 불발 최루탄을 내던졌던 일과, 그의 후계자가 지방 시찰을 내려오기 이틀 전부터 따라붙는 정보과 형사를 때려눕힌 것이 정달호가 두 번씩이나 수의를 입은 이유였다.

"빨리들 오잖고 다들……."

한쪽 다리를 위태롭게 절룩이며 서무과장실 문을 밀치고 들어간 이현수가 뒤처져 있던 사람들을 향해 성마른 소리를 냈다. 늘 하던 대로 성질을 부려 과장을 찾아갔지만 기실 앞장선 그도 자신이 없었을 것이다.

군청색 제복 차림의 과장은, 양이 많아 보이는 서류철에다 매우 익숙한 솜씨로 탁탁탁, 결재도장을 내리찍고 있다가 그들을 맞았다. 이현수의 명함을 받아든 과장의 표정이 드러나지 않게 흐려지고 있었다. 과장의 손바닥에 올려져 있는 공중전화 카드만 한 크기의 이현수 명함에는, 관련자 협의회 임원이라는 조금 특이한 직함이 인쇄되어 있을 터였다. 언젠가 우연히 이현수의 명함을 들여다본 적 있는 김현진은 피식 웃음이 나오는 걸 참지 못했다.

관련자 단체의 회장을 지냈던 그의 명함에는, 현재의 협의회 임원 직함뿐 아니라 몇 개의 전직까지 한꺼번에 기재되어 있어서 정작 그의 이름은 쉽게 찾기 어려울 정도였다. 이제 와 이현수의 명함은, 저수지 관리인의 완장 혹은 진압 작전의 공로로 수여받은 장성의 제복에서 빛나던 훈장과는 또 다른 의미로 그를 지탱케 하는 듯싶었다.

나이 오십 고개에 다다른 듯 보이는 교도소의 과장은 처음 약간의 주저함이 언제냐 싶게 반색을 하며 자리를 권했다.

"우리는 임인순 씨 사건을 매우 심각하게 받아들이고 있습니다. 세상에 가짜라니요? 이것은 항쟁 정신을 왜곡함은 물론이고 그날에 피 흘리며 죽어갔던 영령들에게 침을 뱉는 것과 다름없지요."

엄숙한 표정을 지으며 이현수가 말문을 열었다. 과장은 의무라도 되는 것처럼 고개를 끄덕거렸다.

"그럴 수 있겠군요."

"그래서 협의회에서는 진상조사위원회를 만들었어요. 우리는 이 사건의 진실을 밝혀야 할 의무와 책임이 있다고 생각합니다. 과장님께서도 많이 도와주셔야겠습니다."

"그러니까 절 찾으신 건……." 담배를 비벼 끄며 과장이 물었다.

"예, 특별 면회를 좀 했으면 하고요."

"그러시군요……."

이현수의 이야기를 듣고 난 과장은 입을 굳게 다문 채, 깍지 낀 손가락 마디를 꼼지락거리고 있었다. 그들 사이에 잠시 조심스러운 침묵이 흘렀다. 조미숙과 최동환은 약간의 조바심으로 서로의 얼굴을 건너다보았다. 김현진은 그들의 태도가 아주 자연스럽다는 느낌이었다. 조미숙은 최동환에게 얼마만큼의 기대를 하고 있을까. 최동환이 그토록 열심히 이 사건에 개입하여 동분서주하는 진정한 이유는 무엇일까. 그리고 두 사람에 대한 풍문은 어디까지 진실일까. 아직 실타래를 풀지 못해 안달하는 마음속을 들키지 않으려고 김현진은 서툰 담배를 피워물었다.

20여 년 공직 생활 대부분을 타지에서 보내고 최근에서야 고향의 임지로 오게 됐다는 이 교정공무원의 얼굴엔 흐릿한 미소가 흘렀다. 그러나 목소리는 건조했고 눈빛은 날카로웠다.

지방관리들이 감당키 어려운 진상 규명 요구와 빵부스러기 같은 자잘한 청탁이 협의회 사람들에게서 나오는 요즘이고 보면 그가 무어라 하든 탓할 일은 아니라고 김현진은 생각한다. 그는 무등구청 옆에다 떠들썩하게 개설한 무의탁 노인 돕기 바자회 탓에 겪고 있는 이현수의 곤경에 생각이 미쳤다. 그 자신은 펄쩍 뛰곤 했지만 도망가다 넘어지는 바람에 다쳤다는 이현수의 한쪽 다리에 눈길을 보내며 김현진은 담배 연기를 깊이 들이마셨다. 구청장의 허가도 생략한 채 이현수는 장터를 열었다지. 장작불에 그을리는 통돼지의 느끼한 냄새가 무등구청 인근 아파트 단지를 휘돌아 그의 콧속에 닿는 것만 같아 김현진은 저도 모르게 얼굴을 찡그렸다.

"이거 모처럼의 청인데 어떻게 하지요?"

저녁부터 시작해서 밤 열 시까지 계속된다는 가요 반주 소리도 과장의 말에 섞여오는 것 같은 환청을 김현진은 느꼈다. 40~90 퍼센트까지 싸게 판다는 어느 메이커의 의류는 그렇다 치고, 시골 장터에서나 자취가 남아 있을 야바위판을 벌인 게 여론의 악화를 부른 모양이었다. 게다가 이현수는 주민들의 진정과 지방지 기자들의 보도로 참다 못해 그를 호출한 구청장에게 오히려 책상을 치며 대들었다는 뒷말이 돌았다.

모르핀 주사를 하루만 걸러도 밤잠을 못 자며 고통받는 부상자들을 보고만 있을 수 있겠는가? 보상금 몇 푼 탄 거? 그건 빚 갚고 치료받느라 진즉에 다 써버렸다. 그래, 이렇게라도 돈을 모아 치료비에 보태겠다는데 도와주지는 못할망정 들어 엎겠단 말이냐. 무의탁 노인들 돕기 성금도 조금 내놓겠다. 끝내 이러면 도리 없이 병신들 몽땅 구청장실로 데려올 수밖에 별수 있겠는가? 하고 을러댔더니 구청장이 절레절레 고개를 내젓고 말았던가 그랬다.

물론 이현수와 그의 주변에서 나온 이야기라 온전히 믿기지는 않았지만 전혀 터무니없는 소리도 아닐 터였다. 경찰의 조사나 벌금의 부과는 언제나 바자회가 다 끝난 뒤의 일이었고, 그리 야박한 조치를 할 수도 없는 게 이 특별한 지방의 사정이기도 했으므로.

그러나 이번만은 전처럼 간단하게 넘어갈 형편이 아닌 것 같던데 무슨 생각으로 이 조사위에 자원했을까, 김현진은 그의 눈길을 거북해하는 이현수의 속셈을 어림해보았다. 방문객들의 기분을 상하게 하지 않으려고 과장은 그의 말과 표정에 신중을 기하고 있었다.

"하여튼 정말 미안합니다. 근래 특별 면회는 아주 제한적으로 운용되고 있는 데다가 임인순 씨는 검찰에서 매우 주의 깊게 관찰하고 있는 것 같더군요."

"어렵다는 겁니까?"

최동환이 불쑥 나섰다. 그러면 그렇지. 저 사람 입이 근질근질해서 어찌 참았을까 하는 표정으로 김현진은 눈살을 찌푸렸다. 갑자기 협의회에 얼굴을 드러낸 최동환은 모두가 의아해할 만큼 임인순 사건에 깊숙이 개입하고 있는 것 같았다. 조사위원회 구성도 그의 끈질긴 주장이 한몫했다.

"저는 아직 임인순 씨 사건의 내용을 잘 모릅니다. 다만 상식적으로 생각해보건대, 결국 진실은 법정에서 밝혀지지 않겠는가, 그런 정도지요."

최동환의 불퉁스러운 말에 그쪽으로 눈길을 한 번 주었을 뿐 과장은 여전히 미소를 잃지 않은 채 말했다.

"하지만 우리는 법정이 항상 정의의 편에 섰던가, 묻지 않을 수 없군요. 과장님, 우리 어렵게 이야기하지 맙시다. 과장님의 재량으로 할 수 있으면 특별 면회를 시켜주시고."

그날 이후 두 번이나 복역한 투사답게 정달호가 서무과장을 다부지게 몰아세웠다. 정달호는 순전히 운이 나빠 여태 제도권에

끼지 못한 사람이었다. 수배만 내려놓고 지켜보더니 하필 의회 선거 직전에야 수갑을 채우는 바람에 그의 야심은 얼마간의 보류가 불가피했다. 그러나 본인의 한결같은 부인에도 불구하고 정달호가 다음번 의회 선거에 출마할 것임을 사람들은 짐작하고 있었다. 물론 그게 잘못이라는 뜻이 아니다. 다만 굳이 부르지 않은 대소사에도 정달호는 반드시 모습을 드러냈다. 아마 지방 도시의 웬만한 사람들은 그를 모른다고 할 수 없을 만큼 그는 이를테면 마당발이었다.

그러나 인심이란 종내 알 수 없는 것이어서 투쟁의 시기에 그를 따르고 갈채를 보냈던 사람들이 어쩌다 죽은 동생 그만 팔았으면 좋겠다고까지 소곤거리는 것을 김현진은 자주 목격하고 있었다. 정달호의 평판이 그리된 게 세월 탓인지 사람들의 변덕 때문인지 아니면 순전히 그 자신이 쌓은 업의 결과인지는 쉽게 판단되지 않는다.

하지만 정달호만큼의 투쟁 경력에 미치지 못함은 물론이거니와 모임의 의례적인 인사말조차 남이 대신 써준 원고에 의지하는 사람도 의회에 진출하지 않았던가. 선생님의 당이 공천한 후보라니까 눈 질끈 감고 찍었더니 강간과 폭력과 사기 전과가 수두룩한 사람도 있지 않던가. 오로지 지명도 높은 남편 덕분에 이 고장의 어머니라는 수사가 먹히고 저마다 앞다투어 무등산 아래 고을의 아들딸도 많이 나오는 판에 정달호가 그들에 뒤질 건 없다고 김현진은 생각했다. 무슨 일에나 나서고 속 빤한 일에도 에둘러는 게 가끔 지겨울 때가 있긴 했으나.

정달호의 튀는 말에 과장의 얼굴 근육이 굳어지는 게 느껴졌다. 자기가 이들에게 쩔쩔매야 할 하등의 이유가 없지 않은가. 이건 너무 부당하지 않은가, 그는 생각하는 듯싶었다. 나이 오십 가까운 이 법무부 교정공무원의 목소리는 금세 지극히 사무적으로 변했다.

"오늘은 일반 면회로 하시고, 내용도 사건과 직접 관계되는 이야기는 삼가시는 게 좋겠어요. 그냥 안부 정도면 모르지만, 그 이상은 곤란합니다. 선생님들의 뜻은 충분히 알겠습니다만 제 어려운 입장도 있는 거니까요. 어이, 종남이, 일루 들어와봐."

결국 협의회의 자칭 조사위원들은 각자의 신분증을 과장에 의해 종남이로 불리는 직원에게 건네주었다. 과장은 직원을 불러 접견 절차를 마치게 하고는 비로소 짐을 덜었다는 홀가분한 표정으로 사람들에게 담배를 권했다.

"정말 미안하게 됐습니다. 하여튼 여러모로 수고들이 많으시군요. 그러나 이제 새 정부에서 민주화운동을 역사적으로 재평가하고 있고, 기념사업도 한다고 하니까 늦었지만 퍽 다행이라는 생각입니다. 참, 저 여자분은 임인순 씨 따님이라고 하셨던가요? 어려운 일을 당하셔서 마음고생이 심하시겠군요."

귀퉁이 의자에 소리 없이 앉아 있던 조미숙이 조용하면서도 언뜻 따스하게 들리는 과장의 말에 흑 하는 울음으로 반응했다.

"죄송해요, 너무 기막힌 일이라서."

난감한 경우를 만나 잠시 어찌할 줄 모르고 있는 사람들에게 조미숙이 코맹맹이 소리를 냈다. 지난번 회의에 나와 사건의 자초지종을 설명하던 그녀의 모습이 떠올라 김현진은 피식 웃음을 흘렸다.

처음엔 의외로 차분한 어조로 이야기를 해나가던 조미숙이었다. 결코 미인이랄 수는 없었지만 희고 정갈한 피부, 무엇보다 깔끔하고 이지적인 용모로 그녀는 사람들의 시선을 붙들었다. 그러나 참을성 부족한 사람들이 중간중간 무언가를 묻고, 그렇게 이야기의 흐름이 잘려나갔다. 그러다가 결코 우호적이기만 한 분위기가 아닌 걸 느꼈던지 그녀가 어느 순간 우리 어머니 면회 한 번 간 적이 있느냐며 울음을 터트려버린 것이다. 그녀의 신중하지 못한 감정 처리가 회의를 삐끗하게 했음은 물론이었다.

아니, 우리가 당신들 말만 듣고 진짜인지 가짜인지 어떻게 판단할 수 있겠소? 허판 이젠 별소릴 다 듣는구만. 우리가 거리에서 피 터지게 싸울 때 당신네는 어디서 무얼 했소? 죽은 듯이 있다가 일억 넘는 보상금 받아먹곤 코빼기도 안 비췄잖아. 이제 어려운 처지에 놓이니까 와서 기껏 한다는 말이 면회라도 한 번 가본 적 있느냐고? 아니 그게 할 말인가. 기가 찰 노릇이군.

이 지경까지 되었을 땐 회의 분위기가 이미 삭막해져 있었다. 물론 그렇게 말했던 사람 자신이 경찰의 페퍼포그와 계엄군의 M-16에 맞서 피 흘리며 싸웠는지는 알아도 말할 수 없지만.

"무슨 생각 해?"

정달호가 조미숙을 흘깃 쳐다보며 옆구리를 쿡 쑤시는 바람에 김현진은 아무런 장식도 없이 삭막한 교도소 서무과장실로 다시 제정신을 옮겨놓았다. 논쟁의 의도는 없어 보였고, 다만 청을 들어주지 못한 미안함 탓으로 과장은 여분의 시간 동안 개인적 소회 몇 마디를 풀어놓았다.

"전 말이에요. 고향 분들과 개인적으로 만나 이야길 나누다 보면 이렇게 푸근하고 좋을 수가 없어요. 오랫동안 타지만 떠돌아서 그런지 모르지만 말이죠."

이 중년의 사내가 그렇게 말하며 입술 담배 연기를 허공에 날려보냈을 때 그의 얼굴엔 진정 방랑을 막 끝낸 나그네의 고달픔과 편안함이 교차하는 듯했다. 그런 탓에 요구를 관철하지 못했다는 낭패감도 잠시 잊고 이현수네는 고개를 가만가만 끄덕거리기까지 했다.

"그런데 거리에선 왜 그토록 격렬해지는지 온전히 이해하기 힘들 때가 있어요. 물론 제가 오랜 차별과 소외의 역사를 도외시하는 건 아니지만 학생들의 과격함도 다른 지역의 추종을 불허하는 것 같아요. 그리고 내부적 갈등과 파벌의 조장은 차마 그 예를 다들 수도 없지요. 우리 공직 사회만 보더라도 투서가 가장 많은 곳이 이 지역이죠. 남 잘되는 걸 보면 그토록 마음이 불편해지는가 봐요? 하하하……."

정달호가 미간을 찌푸리며 무어라 대꾸하려는 듯 입술을 벌리려다 그만두었다. 과장이 정색을 한 채 말을 좀 더 이어갔기 때문이었다.

"뭐 제가 여러분을 비난하려는 의도는 전혀 없고 다만 답답하다는 느낌 때문인데, 여러분의 관련자 단체만 해도 열 개가 넘는다면서요? 참, 지금 시청 앞에서 농성하고 있는 분들은 유족인가요? 묘역을 군부대 터에 조성될 시민공원으로 옮겨야 한다고 하는 분들 말이에요. 유족들 단체도 몇 개로 나뉘어 있고 성향도 다양하다죠?"

"우리 일에 관심이 많네요?"

가만히 있기는 마음이 불편해서 김현진이 한마디 했다. 시청 정문 앞에 거적 같은 천막을 치고 앉아 있는 사람들의 지워지지 않는 상처와 한은, 이제 지나친 이기주의로 여겨지고 있기도 했다. 주장하는 내용과 방식 둘 다 시민들의 동의를 얻지 못하고 있는 탓이었다.

"고향에서 일어나는 일들이니까요. 그 당시 저는 경기도 어느 지역에서 근무하고 있었죠. 사태가 한참 지난 후 소식을 들었어요. 물론 저희 집안에서는 아무도 다친 사람이 없었지만 바로 그점 때문에도 가끔 채무 의식이랄까 뭐 그런 감정이 가슴을 쓸고 갈 때가 있어요. 물론 여러분이 오랜 세월 동안 고통을 견디며 지켜낸 민주화운동에 대한 자긍심에 비하면 사치스러운 생각일 수도 있죠. 다만 저는 그날의 상처와 오늘의 영예가 오롯이 관련된 분들만의 것인가를 묻고 싶어요. 저 자신이 아직 망월동 희생자묘역에 가보지 못한 건, 변명 같지만 유족들의 완강한 배타심에 상처 입기 두려운 탓도 있어요. 대부분의 시민 정서가 그렇고, 관련된 다수 단체가 합의했음에도 유족들만이 묘역의 상무대 이장을 요구하는 건 글쎄요, 조금 지나치지 않을까요?"

대기한 시간에 비하면 턱없이 느껴질 만큼 면회는 빨리 끝났다. 교도소 과장이 던진 몇 마디 말들이 김현진의 가슴을 새삼스레 무겁게 내리누르고 있어서, 그는 임인순에게 무엇을 묻는 것조차 의미 없는 일로 여겨질 정도였다. 생각보다 훨씬 작고 여윈 몸피, 깊게 팬 주름살투성이의 검게 그은 얼굴, 오십 중반의 이 시골 아낙이 그처럼 엄청난 일을 꾸몄으리라고는 도저히 믿기지 않았던 때문이기도 했다.

이현수와 정달호 역시 조사를 위한 질문은커녕 마음 편히 먹으라는 위로의 말밖에 하지 못했다. 돈 몇 푼이 탐나 아들을 두 번 죽이는 어미가 어디 있겠느냐는 임인순의 낮은 절규가 이들이 자신의 임무를 태만하게 하는 데 영향을 주었다.

임인순을 면회하고 돌아 나오는 교도소의 앞마당에 여름 오후의 햇살을 받아 그들의 그림자가 길게 늘어져 천천히 움직였다.

"알 수 없는 일이야. 저 정도의 사람이 그런 일을 꾸며? 뇌종양으로 죽은 고1 아들을 그래, 계엄군의 구타로 인한 뇌출혈로 죽었다고 꾸며댔단 말이지?"

3년 전 피해자 보상 때 관련 여부 심사위원으로 참여한 바 있는 정달호가 누구에게랄 것 없이 혀 차는 소리를 했다. 그러자 최동환이 정달호의 곁으로 바싹 붙어 걸으며 설명을 시작했다. 그는 임인순 사건 기록을 달달 외우고 있는 듯 보였다.

"그 애가 사흘간 입원했던 기독병원 진료기록에는 '뇌종양'이 아니라 '뇌종양의증 및 뇌출혈의증' 이렇게 되어 있어요. 즉 뇌종양일 수도 있고 아닐 수도 있다. 또 뇌출혈일 수도 있고 아닐 수도 있다. 의사들은 이렇게 훗날 그들을 곤경에 빠뜨릴지도 모르는 일에는 슬그머니 비켜 간 거죠."

"그 이야기는 우리가 검토한 기록에 죄다 나와 있는 거고. 문제는 지금이 어느 때라고 명확한 증거도 없이 검찰이 임인순을 잡아 가뒀겠느냐 하는 것이고, 아무리 사람 속은 알 수 없다지만 저런 시골 무지렁이가 어떻게 그런 일을 저지를 수 있었겠느냐 하는 데서 오는 혼란, 그래, 이 혼란을 어떻게 정리할 수 있겠느냐, 이거요."

정달호에게 면박을 당했다는 느낌 탓인지 최동환은 금세 머쓱해져서 입을 다물었다. 조미숙은 자기 어머니가 시골의 고추밭이 아니라 사방이 콘크리트로 둘러쳐진 벽 안에 갇혀 있다는 사실이 믿기지 않는다는 표정을 쉽사리 지우지 못하고 있었다.

임인순의 변호사를 만나기 위해 법원 앞으로 향하면서 김현진은 얼마간의 호의와 연민 그리고 어쩔 수 없는 경계를 늦추지 않으면서 조미숙을 바라보았다. 잘 몰랐었는데 가까이서 보니 눈 주위에 몇 겹의 잔주름이 졌고, 기미가 엷게 퍼져 있어서 생각보다 나이 들어 보였다.

"결혼은 하셨어요?" 김현진은 실수가 염려되어 조심스럽게 물었다.

"네, 십 년 전에 했어요. 그런데 아이가 아직 없네요. 김 선생님은요?"

그녀의 대답은 최동환만 빼곤 나머지 사람들에게 가벼운 충격을 주었음이 틀림없어 보였다. 자동차의 핸들을 쥐고 있던 이현수와 조수석의 정달호가 동시에 뒤쪽으로 고개를 돌려 조미숙을 바라보았다. 이 사건과 연결된 이들은 하나같이 불가사의한 면이 있지 싶었다. 김현진은 그녀의 의례적인 질문에 답을 하는 대신 관련 단체협의회에서 일했던 지난 몇 년 동안의 편치 않았던 기억을 떠올렸다. 다른 사람들 앞에서는 학살 책임자의 처벌을 요구하며 대체로 결의에 찬 모습을 보였지만, 그것을 꾸며낸 것이라 할 수는 없지만, 경찰의 최루탄 세례에 허겁지겁 도망하고 나서 혼자 걸어올 때, 무얼 하고 다니느냐는 아내의 핀잔을 들을 때, 술자리를 끝낸 뒤 낼 돈이 없을 때, 아내가 출근한 뒤 혼자 남아 아침 빨래를 할 때, 그는 자주 흔들렸다. 게다가 그는 최근 해오던 일을 그만둔 상태여서 심리적으로 불안정하기도 했다.

김현진은 자동차 시트에 머리를 기대고 눈을 감았다. 아무것도 보고 싶지 않고 생각하고 싶지 않았다. 힘들었어도 그리고 가끔 흔들리면서도 숙명처럼 여기며 해오던 일을 그만두고 나서 그가 느낀 마음의 상처가 간단치 않았다. 협의회의 중요한 결정 과정과 사후처리에서 그는 중요한 역할을 해왔고 모두에게는 아니었겠으나 그의 실무 능력은 일정한 평가를 받고 있었다. 문제는 다양한 이해로 얽힌 사람들과의 관계를 잘 풀어내지 못한 데 있었다. 그러나 그만두어야 한다고 생각했던 일에서 물러났으나 밀려났다는 피해 의식이 과도하게 작용하기도 한 탓에 그는 스스로 괴롭히고 있었다. 김현진이 임인순 사건 조사위에 참여한 까닭은 아직 메워지지 않고 있는 상실감과도 무관하지 않을 것이었다. 그렇다고 임인순 사건 조사위가 김현진은 물론 경찰의 소환장을 받아놓은 이현수나 제도권 진입을 위해 동분서주하는 정달호에게 구원의 도구로 작용할 여지는 애초에 없었다.

그렇다면. 김현진은 자세를 바로하면서 생각했다. 그렇다면 이 승용차 안의 우리는 무엇을 바라고 임인순 사건에 개입하고 있는가. 무엇보다 그 자신은 임인순 사건의 조사보다는 사건에 관여하고 있는 이들의 속셈이 흥미를 자극하는 건 아닐까 생각했다. 아무려나 임인순 사건을 의뢰받은 변호사 사무실은 넓고 쾌적했다. 검사로 재직하다 개업했다는 변호사는 아직 젊었고 일행을 깍듯이 대했다. 그가 현직에 있을 때도 민원인에게 그러했는지 알 수 없으나 법원 서기나 검찰청 민원실에 앉아 있는 하급 직원들의 불친절한 태도에 비하면 그의 친절은 방문객들에게 호감과 근거 없는 신뢰를 불러일으키는 역할을 했다.

"우리가 이 사건에 관심을 갖는 것은 임인순 씨 진술의 진위 여부를 떠나 사건 발생의 시기가 주는 미묘한 느낌 때문이랄 수 있습니다. 변호사님도 아시겠지만 지금은 새 정부가 들어선 후 다시금 피해자들 추가 신고를 받는 중이에요. 지난번에 부상자로 접수했던 사람들 중 이번에 구속자로 중복 신고한 경우를 제외하고라도 벌써 이천여 명에 이르는 새로운 사람들이 계엄군에 피해를 입었다고 나타났단 말씀이에요. 이러할 때 가짜 사건이라, 변호사님 생각은 어떠십니까?"

이 도시에는 80년 봄의 격렬한 사건 이후 학생운동처럼 치열한 이념으로 무장했거나 젊은 넋을 제물로 내놓거나 하지는 못했어도 그들이 기꺼이 몸 던져 싸움 한복판으로 나아가게 한 동인으로 작용한 건 관련자들과 그들 단체였다. 어느 날 갑자기 처참하게 죽은 가족의 주검을 떠안았거나 묶인 채 치욕을 당하고 몸이 망가진 사람들이 그들이었다. 물론 보상 이전의 이제는 기억마저 희미해진 옛일이 되었지만 어쨌든 그들의 선두에는 늘 정달호가 있었다.

김현진에게 있어 정달호가 불행하다 싶은 것은 그와 함께 거리의 앞줄에 섰던 이들 대부분이 금배지와 은배지를 달고 행세하는 데 비해 그는 이제 가망이 없어 보인다는 점 때문이었다. 더욱 비극적인 점은 관련자라면 무조건 대접해주던 시민들의 정서가 벌써 지난 일이 되었음에도 불구하고 정달호가 여태 미련을 버리지 못하고 있는 점이었다. 하지만 정달호가 살아온 세월의 켜는 나름의 두께를 갖고 있어서 임인순의 변호사를 상대하는 그의 솜씨는 남다른 데가 있었다. 그러나 변호사는 정달호가 던진 그물 가까이에 쉽게 다가오지는 않았다.

"말씀들을 더 하시죠." 변호사는 정달호뿐 아니라 다른 사람들에게도 이야기를 권하는 여유를 보였다. 경제적 이해관계에는 대단히 기민한 반응과 처신을 하는 이현수지만 그는 아까부터 별말이 없었다. 역시 그의 머릿속에는 바자회 건을 탈 없이 마무리할 궁리로 가득 차 있을 것이었다.

"그러니까 우리 판단에는 말이죠. 임인순 사건에는 어떤 냄새가 난다, 모종의 음모가 개입돼 있지 않겠느냐 하는 거예요. 내 개인적 생각에도 2천여 명의 피해자들이 그동안 어디서 무엇을 하다가 이제 나타난 건지 알쏭달쏭하니까요. 전에 보상금 줄 때 실제와는 달리 신문에서 연일 몇억 원이라고 과장해서 보도하고 그랬잖아요. 그땐 다들 석탄 캐느라 갱 속에 있었는지 참치 잡으러 원양어선 타고 있었는지 모르지만, 하여튼 보상을 받지 못한 억울한 피해자가 있다면 보상을 하긴 해야죠. 다만 이 정부에서 이 피해자 숫자가 마냥 불어나는 걸 방치할 수는 없는 노릇이니까 어떤 제어장치는 필요하지 않겠는가, 저는 이렇게도 보고 있거든요. 변호사님, 이런 추론은 아무래도 무리겠죠?"

"글쎄요." 여전히 상대가 무시당하고 있다는 느낌을 주지 않을 정도의 미소를 머금은 채 변호사는 신중한 태도를 견지했다.

"그러니까 우리 생각엔, 기왕에 피해자로 정부가 인정하고 보상금을 수령한 사람 중에서 약간의 꼬투리를 잡을 만하다 싶은 임인순 씨를 희생양으로 삼은 건 아닐까, 이런 생각은 합리적이지 않나요? 가짜가 섞여 있다는 걸 보여줌으로써 이쪽의 도덕성에 흠집을 내고 신규 접수자들에게는 일종의 경고를 하려는 의도 아닐까요?"

그가 나설 자리는 아니었으나 최동환이 답답하다는 듯 마무리를 지었다. 김현진은 괜한 감정을 사고 싶지 않아서 말을 머뭇거리다가 이건 방향이 다르게 흘러간다 싶어 말을 보탰다.

"아니, 좀 정리가 필요하군요. 저는 조사위의 활동에 대해 기록하고 보고서를 남기자는 데만 충실하자 싶어서 별말을 하지 않았는데요. 달호 형님이나 최 선생님 말씀은 임인순 씨가 억울하게 당하고 있다는 전제를 깔고 있는 것 같아요. 우린 이 사건을 아주 공정하고 객관적인 위치에서 바라볼 필요가 있지 않을까요? 조미숙 씨야 제 말이 야속할지 모르지만, 우리가 진상을 알아보자고 할 땐 어느 쪽으로 치우침 없어야 하지 않겠는가 싶은데요. 물론 제가 임인순 씨를 가짜일지 모른다고 단정하는 건 아니고요. 아시겠죠?"

김현진은 말을 하면서도 신경이 쓰여서 특히 조미숙에게 다짐을 받았다. 그녀는 다행히 고개를 끄덕였다. 그러나 지난번 회의 때 보여주었던 그녀의 격한 모습이 떠올라 괜한 말을 했는지도 모른다는 후회가 들었다.

"그래요. 저도 김현진 선생님 말씀이 옳다고 생각해요. 다만 전 여러분이 그리고 협의회가 좀 더 적극적으로 사건을 조사하고 대처해주셨으면 해요. 이건 한가한 놀음에 불과하다는 제 느낌이 잘못된 것일까요? 어쨌든 제 어머님은 감옥에 계세요. 제 어머니를 그토록 괴롭히다가 이제 가짜라고 밀고한 마을 이장은 여전히 마을을 활보하고 있고요. 이건 시작부터 불공정한 게임 아닌가요? 물론 여러분에게 수고를 끼쳐드려 정말 죄송하고요. 또 어떻게 감사를 드려야 할지 모르겠어요. 그러나 협의회의 모습은 제가 서울에서 그리던 그런 모습은 아니에요. 이처럼 무력하고 엉성하게 대응할 줄은 정말 몰랐어요. 이게 남의 일인가요? 여러분 전체의 일은 아닌가요? 전 그토록 강압적인 정권에도 두려움 없이 싸워오신 분들이라 아주 대단한 무엇이 있을 것이라는 기대로 지난번 회의에 나갔어요. 그런데, 아, 이건 뭔가요? 목소리 크고 힘센 사람이 제일이더군요. 이치에 닿지 않아 뵈는 주장도 조금 가까운 쪽 사람의 말이면 밀어붙이고 그렇지 않으면 배척하더군요. 전 정말 놀라고, 실망하고, 아니 절망하고 있어요."

다들 아무 말이 없었다. 그것은 조미숙이 함부로 쏟아낸 말들이 옳다고 여겨서가 아니라 피곤함, 그랬다, 종류를 알 수 없는 피곤함 탓이었다. 김현진도 눈꺼풀이 묵직해오는 유쾌하지 않은 기분이었다. 다들 알고 있으나 일부러 말하여 상처를 덧내고 싶지 않은 꼬이고 얽힌 사정을 조미숙이 건드린 셈이었다.

여직원이 차를 내왔다. 한여름 오후에 마시는 뜨거운 녹차의 맛은 그런대로 괜찮았다. 차를 마시자 피로와 함께 지끈거리기 시작했던 김현진의 신경성 두통도 조금 완화하는 듯싶었다. 임인순의 변호사는 응접용 테이블 위에 찻잔을 내려놓으며 비로소 자신의 생각을 내비쳤다.

"우선 이 사건을 보는 데 있어 모종의 음모론적 접근은 사태를 파악하는 데 별 도움이 되지 않아 보입니다. 여러분이 염려하듯 이 임인순 사건에 어떤 정치적 고려가 개입하고 있는지는 저로선 판단하기 어렵습니다. 저야 어쩔 수 없이 증거 중심으로 사건의 실체에 접근해 들어갈 수밖에 없고요. 다들 아시지만 이 사건은 임인순 씨가 거주하는 시골 마을 이장의 투서로부터 시작된 거지요. 임인순 씨가 가짜다, 다시 말해서 임인순의 아들은 계엄군의 몽둥이에 머리를 맞아 뇌출혈로 인한 후유증으로 죽은 것이 아니다. 그가 종래 앓고 있던 뇌종양으로 인해 사망한 것을 허위로 신고하여 일억 원이 넘는 보상금을 타 먹었다, 그런 내용이지요."

변호사의 인식과 자신의 생각이 그리 다르지 않다고 느낀 김현진은 고개를 끄덕였다. 변호사가 말을 이어갔다. 그는 정부에서 이미 피해자로 인정하고 보상금을 지급하였다 하더라도 피해 여부에 대해 구체적인 의혹을 제기하고 이를 진정하는 사람이 있다면 수사기관은 당연히 조사할 수밖에 없는 노릇임을 이해시키고자 했다.

"다만 문제가 되는 것은, 임인순 씨의 아들이 계엄군에게 구타를 당한 장면을 목격한 사람도 없고, 반대로 구타를 당하지 않았다고 자신 있게 증언할 사람도 없다는 거죠. 이렇게 사실인지 아닌지 의심이 가는 경우 수사기관에서는 의혹이 있다고 보는 거고, 법원이나 변호사 입장은 아니라고 보는 게 일반적이지요. 담당 검사 역시 솔직히 말해 잘 모르겠다, 그런 입장이긴 해요. 마을 사람들의 진술도 상반되고 심지어 처음의 진술을 번복하는 경우도 있고요. 더욱 어려운 것은 여기 계신 조미숙 씨 아버님의 진술인데……."

김현진은 기억을 더듬었다. 조미숙과 함께 협의회 회의에 나왔던 임인순의 남편은 짧게 깎은 머리에 온통 서리가 내려앉았고, 치아가 다 손상되었는지 볼이 움푹 들어간 볼품없는 모습의 늙은 이였다. 아주 작은 키에 군데군데 검버섯이 돋은 이 노인의 생이 이제 얼마 남지 않았구나 하는 연민을 그때 느꼈다. 그러고 보니 낮에 교도소에서 보았던 임인순과의 나이 차이가 상당하다고 생각하면서 김현진은 변호사의 입에 시선을 주었다.

"이 양반이 글쎄, 검찰에서 이렇게 진술했다더군요. '아내의 말에 의하면, 그 아이가 군인들에게 맞아서 죽었다고 합니다.' 그렇게 말이죠. 물론 전혀 이해되지 않는 건 아니에요. 여기 따님이 계신데 미안한 말이지만, 그 양반이 연로한 데다가 인지 기능이 좀 낮더군요. 그래 임인순 씨 생각에 아이의 상태를 알리거나 의논해봐야 그다지 도움 될 것 없겠다 싶어서 남편에겐 알리지 않았다고는 해요. 뭐 이런 사정이 전혀 받아들여지지 않는 것은 아니겠지만 유리한 정황은 아니죠."

"게다가 지금이니까 이런저런 피해를 입었다고 나서는 이들이 많지만 그때만 해도 사정이 아주 달랐잖아요?" 신원에 대해 거의 알려진 것이 없는 탓에 신뢰하기 곤란한 최동환이 이야기 중간에 끼어들었다.

"당시에는 피해 사실을 발설했다간 큰일 나는 줄 알았고, 가족 중에 누군가 크게 다쳤어도 병원에 가지 않고 쉬쉬했어요. 심지어 가족 하나가 사라져버리거나 사망한 경우에도 어디에 하소연할 데가 없었잖아요. 내 경우만 해도 그래요. 사촌누이 딸아이가 그 아비규환 속에서 흔적 없이 사라져버렸어요. 바로 이 도시 한복판, 가톨릭센터 앞에서 말이에요. 그 애와 함께 시위대와 계엄군의 접전을 지켜보고 있던 그 아이 친구가 우리 매형에게 달려와 그 사실을 알렸을 때 매형이 어땠는지 아세요? 우체국 직원이었던 그는 여섯 식구의 생계가 달린 직장에서 목이 달아날까 봐 여태까지 아무 소리를 못 했어요. 더욱이 임인순 씨가 사는 시골 마을은 오죽 했을까요? 국무총리도 대통령도 텔레비전에 나와 말하기를, 공산당의 사주를 받은 폭도들이 무기를 탈취해서 난동을 부렸다고 했어요. 신문도 다 그렇게 썼고요. 우리 한번 생각해봅시다. 읍내에서 고등학교를 다니던 내 아들이 그 먼 광주까지 가서 군인들에게 흠씬 두들겨 반송장이 되어 왔소. 그러면 여러분은 동네방네 그런 말을 하고 다닐 수 있겠어요, 그 당시에?"

조미숙이 최동환의 말을 거들었다. 그녀가 아버지 지능이 백치에 가깝다는, 그래서 어머니가 집안의 크고 작은 일을 혼자서 도맡아 처리해왔다는 것이었다. 이야기가 이어지고 있는 사이 여직원이 메모지를 들고 와 변호사에게 건네주곤 했다. 대기실에 다른 의뢰인이나 방문객이 기다리고 있다는 뜻이리라. 눈치 빠른 이현수가 자리를 이제 그만 정리하자는 표정으로 사람들의 얼굴을 살폈다. 전화번호가 빼곡하게 적혀 있는 낡은 수첩을 펴들고 골똘히 생각에 잠겨 있던 정달호가, 앞으로의 추이와 협의회에서 취할 수 있는 방법이 무엇이겠는지 변호사의 의견을 구했다.

"우선 임인순 씨의 진술에 부합하는 증거물의 보강이 필요하겠지요. 저도 사무장을 시골에 내려보냈습니다만, 삼십여 가구밖에 안 되는 시골 마을 사람들이 지금 두 쪽으로 완전히 갈라져서 인심이 흉흉해요. 임인순의 아들이 많이 아프다고 해서 약값을 꾸어준 적이 있다, 상태가 악화해서 광주의 기독병원으로 갈 때 읍내 차부까지 내가 업어다 주었다, 그렇게 유리한 증언하는 이도 있고요. 물론 그 사람들도 군인에게 맞아서 다쳤다는 이야기를 임인순에게 들은 적은 없다고 하거든요. 기독병원이나 읍내 한의원 기록에 딱 한 줄, 군인들에게 구타를 당하여 치료받았다, 그런 기록 한 줄만 있어도 되는데 그게 없어요. 그러니……"

다른 한쪽에서는 이장과 함께 임인순을 수사기관에 진정한 이들이 있었다. 임인순 아들이 평소에도 몸이 약해서 골골했다, 머리도 멍하고 아무래도 지능이 낮아 보였다, 그즈음 마침 학교가 쉬는 농번기였다지만 그 아이가 멀고 먼 광주까지 가서 군인들에게 두들겨 맞고 왔다고는 믿기지 않는다, 더구나 군인들에게 맞아서 아프다는 말은 한 번도 들어본 적이 없다. 그들은 그렇게 진술하고 있었다.

관련자 단체 조사위 사람들을 배웅하면서 변호사가 덧붙였다.

"마을 사람들은 분명히 진실을 알고 있을 것이다, 저는 그렇게 확신합니다. 둘 중 하나예요. 임인순 씨가 나쁜 사람이거나 마을 이장이 못된 사람이거나. 언젠가 진실은 밝혀지게 돼 있어요. 지금은 이장 쪽에 있는 이들을 그에게서 분리해내고 그래서 진실을 말할 수 있도록 하는 게 중요하다고 봅니다."

벌써 퇴근 시간이 되었는지 법원 광장은 사람들로 붐비고 있었다. 김현진은 세월이 흐르고 대통령의 이름이 바뀌었어도 여전히 법원 건물 경비를 서고 있는 전경들에 눈길을 주었다. 대부분 이제 막 20대 초반에 들어선 앳된 얼굴들이었다. 그러고 보니 내가 곧 40의 나이에 이르는구나 하는 서글픔이 몰려와 김현진은 가슴이 아팠다. 아득한 시간 저편에서, 교도소 창고와 군부대 영창에서 짐승처럼 지내야 했던 기억이 가물거렸다. 진정 그 시절을 생각한다면 오늘 우리의 삶이란 얼마나 비루한 것인지, 일행과 함께 찻집 계단을 오르면서 김현진은 그의 발길이 자주 휘청거리는 것을 느꼈다.

"자, 이제 어떻게 할까?" 차를 주문하고 나서 이현수가 지친 듯이 말했다. 정달호는 공중전화를 붙잡고 그리 중요하게 여겨지지 않는 통화를 하느라 소란을 피웠다.

김 의원님이세요? 예, 저 정달홉니다. 어떻게 여름휴가는 다녀오셨습니까? 변산반도요? 아, 거기 채석강이 물이 맑고 아주 좋지요. 사모님도 잘 계시죠? 용건요? 뭐, 그냥 인사차 드린 거지요. 그럼 다음에 식사라도 같이 하시죠. 네, 네, 잘 계시고요. 아,

오 실장인가? 나 지금 피곤해 죽을 것 같아. 거 임인순 사건 있잖아. 응, 가짜 사건 말야. 협의회에서 진상조사위원회를 구성했는데 내가 또 그걸 맡았잖아. 예기, 이 사람, 내가 하고 싶어 하나. 가짜가 있어도 안 되고 진짜가 억울한 경우를 당해도 안 되니까 그렇지. 그래, 또 보자구. 응, 그래, 그래.

가까이서 들여오는 정달호의 전화 소리가 김현진의 신경을 자극하고 있어서 그는 눈살을 찌푸렸다. 이현수는 마땅찮아 보이는 낯으로 팔짱을 낀 채 입을 다물어버렸다. 최동환도 곧 터질 듯한 불만을 참는다는 듯 줄담배를 피우고 있었다. 다 식어버린 커피를 마시지도 않고 조미숙은 찻잔을 다탁 위에서 빙글빙글 돌리고 있었다. 법원 앞 찻집은 퇴근길 약속을 위해 모여든 사람들로 붐볐다. 다시 머리가 지끈거리기 시작한 김현진은 양미간을 찌푸리며 사건에 개입하고 있는 스스로를 처음으로 못마땅해했다.

"이봐 김현진, 자네가 무슨 이야기를 좀 해보라고. 이다음엔 어떻게 할까? 내일쯤 검사 면담을 신청해놓을까? 시간 내서 시골 마을 이장도 만나보고 마을 사람들 이야기도 직접 들어보고 하는 게 좋겠지? 병원 기록이야 더 이상 찾아낼 건 없을 거고. 그쪽 군의원이랑 경찰서장도 만나볼까?"

자리도 돌아와 앉는 정달호는 거들떠보지 않은 채 이현수가 김현진에게 말을 걸었다. 그러자 최동환이 물컵에서 물방울이 튈 정도로 탁자를 내리치며 노기 띤 목소리를 내뿜었다.

"그런 다음에는요? 검사가 우리를 만나면 아이구, 이거 잘못됐습니다, 그렇게 굽실거릴까요? 이것들 보세요. 임인순 씨 구속 기간이 이번 주말까지예요. 검사는 그녀를 기소할 게 빤한데 우리는 한가롭게 시간 나면 이장도 만나고 마을 사람들도 만나가 군의원과 경찰서장을 만나보자고요? 그래서 뭘 하죠?"

최동환의 말에 일행의 얼굴이 굳었다. 정달호가 주변을 둘러보며 신경질을 부렸다. "왜들 이래? 조용조용 이야기들 하지 않고. 다른 사람들이 우릴 쳐다보네. 우리가 지금 무슨 이야기 하는지 저들이 알고 나면 망신이야, 망신. 그렇지 않아도 이번에 가짜들 다 골라내서 혼을 내야 한다는 시중 여론을 당신들이 몰라서 그래? 우리끼리 하는 얘기지만 사실 가짜가 곳곳에 있잖아. 이빨 몇 개 부러진 걸 가지고, 머리도 맞아서 정신병원 치료를 받았다고 인우보증을 내세워 높은 등급의 보상금을 받는 것은 양반이지, 그나마. 병원 기록이야 오 년 지나면 치워버리니까 누가 알 수도 없는 거고. 심사위원들과 거래했다거나 담당 공무원의 조언이 주효했다느니 얼마나 뒷말이 많았어? 가만있으면 덜 밉기라도 하지. 난 전혀 상관없는데도 보상을 받았네 하고 제 입으로 떠벌리는 자식들도 있고. 나도 보상 심사 참여를 해보았지만 이건 아주 개판이라고. 아는 사람들끼리 서로를 인우보증 세워 서류를 내미는 경우는 너무 순진해서 웃음이 나와. 겨우 손가락 하나 멍든 놈하고 군 병원에서 육 주 진단 나온 놈하고 등급이 같은 건 무슨 조화야? 사지 멀쩡하던 놈이 보상금 준다니까 갑자기 목발 짚고 다니지를 않나. 아무튼 임인순은 시범 케이스에 걸린 것 같아. 우리

조용조용 대책을 논의하자고. 떠거나 흥분해서 될 일이면 내일 도청 앞으로 머리띠 두르고 나가든가."

정달호의 말은 그른 것 없어 보였으나 최동환은 물론 이제 조미숙까지 흥분하게 만들었다.

"그래서요? 우리 어머니가 가짜다, 그게 조사위의 결론인가요? 지금?"

"그 말이 아니잖아. 조미숙 씨는 좀 조용히 있어요. 당신은 왜 이 자리에 끼었지? 다음부턴 최동환 씨만 나오세요. 그래도 충분하니까. 그리고 곧잘 흥분하는 버릇 좀 고치세요. 사실 우리가 임인순 씨를 돕고자 하는 것은 아무래도 임인순 씨가 마을 이장에게 곤경을 당하는 것 같은 데다 이 사건을 우리가 모른 체하고 넘어가면 또 다른 피해자가 생길 수도 있고, 무엇보다 더 중요한 것은 우리 전체의 명예가 훼손된다는 위기 때문이오. 그걸 아셔야지. 조미숙 씨가 당신의 입장에 우리가 동조하도록 애를 태우는 건 오히려 역효과만 부를 거요. 우리도 아주 피곤하고 힘들어요, 지금."

이현수가 조미숙을 호되게 꾸짖었다. 전체의 명예라. 김현진은 명. 예. 라고 낮게 발음해보았다. 2천 혹은 3천여 명의 관련자 가운데 서너 명의 가짜가 섞여 있는 게 불명예스러운 일인가. 아니면 관련 피해자 단체 명의의 현수막을 내걸고 무의탁노인 돕기나 고향에 농기구 보내기운동 따위 70년대나 통할 법한 저급한 바자회나 야시장을 열어 제 주머니를 채우는 게 불명예스러운가. 그도 아니면 그날에 죽은 자의 핏값으로 정치권에 기웃대며 값싼 명예를 도모하는 자들이? 아무렇게나 살다가 5월이 되면 망월동에 가서 옷깃 여미며 묵념 올리고 국화 한 송이 바치는 자들이. 명예를 생각하다가 김현진은 조금 엉뚱한 질문 하나를 최미숙에게 했다. 궁금했던 것이어서 그랬으나 다들 긴장하는 눈치였다. 아니 흥미 있게 지켜보고 있었다.

"그런데요, 최동환 씨는 어떻게 알게 된 사이죠?"

"그건 말씀드리지 않았던가요?" 최동환의 얼굴을 한 번 쳐다보고 나서 조미숙은 마침내 입을 열었다.

"맨 처음 서울에서 어머니 소식을 듣고 시골로 내려가보니 어떻게 손을 써야 할지 몰라 정말 막막했어요. 아까도 말씀드렸듯이 아버지는 전혀 도움이 되지 않았고요. 남동생 하나 역시 서울에서 학교 다니느라 고향엔 명절 때나 내려가는 편이라 시골엔 오직 늙으신 부모님밖엔 계시지 않았어요. 왜 부모님을 서울로 모시고 가지 않았느냐 하실지 모르지만, 그건 순전히 아버님 때문이에요. 서울에 한 번 오셨는데, 수세식 변기에 적응을 못하고 화장실 바닥에 신문을 깔고 앉아 변을 보셨거든요." 그녀는 숨을 멈추고 심호흡을 하고 물 한 모금을 마신 다음 말을 이어갔다.

"그리고 일평생 살아오신 시골 마을의 두엄 냄새와 논과 밭, 맑은 물이 흐르는 실개천, 야트막한 야산, 이 모든 것들과 부모님은 멀어지는 걸 원치 않으셨어요. 처음에 보상금이 나왔을 때 이장이 찾아와 이천만 원을 내놓으라고 했다더군요. 전적으로 자기가 힘써준 덕분이라는 거였죠. 거절하자 험한 욕설을 퍼붓고, 마을 일에서 매번 따돌림을 시켰어요. 한참 후엔 안 되겠던지 또 찾아 와서 하는 말이, 마을 공동기금으로 쓸 테니까 이천만 원을 내놓 으라 했대요. 아들이 가짜인 걸 다 안다, 동네 개가 죽어도 마을 이장인 자기가 다 아는데, 당신 아들이 왜 죽었는지 내가 모를 줄 아느냐고 했다는 거예요. 그런 수모와 협박을 당하면서도 어머니 는 고향을 떠나지 못하셨어요. 그런데 결국 이장이 여기저기 투 서를 보내는 바람에 이 지경까지 온 거죠. 아무튼 신문에 사건이 보도된 다음 날 최 선생님에게서 제게 전화가 왔어요."

조미숙이 다시 보리차를 한 모금 마시는 사이 최동환이 그녀에 게 전화한 경위를 설명했다. 그래야 마땅한 일이었고 이야기의 순서가 그러하다는 걸 다들 알았으므로 그것은 불가피했다. 그는 불쾌한 감정을 담아 말했다.

"저는 그때 연관에서 서류 작업을 하고 있었어요. 사촌누이 딸 이 실종된 사건 관련해서 피해 보상을 신청하려고 준비하던 중이 었으니까요. 이번 추가 접수 때 실종자로 피해 인정을 받아야 한 다고 매형을 설득했죠. 그런데 석간신문에 임인순 씨 사건 보도 가 대문짝만하게 났어요. 아들의 죽음을 허위 신고해 일억 원의 보상금을 타먹은 여인 구속! 난 즉시 수소문해서 조미숙 씨에게 전화했어요. 이건 음모다, 세상에 자기 아들을 두 번 죽여 그깟 돈 몇 푼 타먹으려는 부모가 어디 있겠느냐? 그때 내 생각이 그랬 어요."

최동환은, 임인순 사건을 그대로 방치하면 추가 신고자들에게 절대적으로 불리할 것으로 생각했다고 했다. 들리는 말에 의하면 이번 심사는 깐깐하게 할 것이다, 거의 다 탈락할 것이다, 그런 말이 돌았다고 했다. 조카를 행방불명자로 인정받게 하려는 그에겐 위기였을 수도 있었다. 그래서 그는 조미숙을 만나 경위를 듣고 이장도 족쳐보고 마을 사람들도 만나고, 임인순 아들의 어릴 때 친구와 학교 은사, 병원 기록 등을 모조리 뒤졌다고 했다. 안 만난 사람이 없고, 뒤져보지 않은 자료가 없다는 그의 결론은, 임인순이 부당하게 걸려든 거다, 그런 내용이었다.

최동환의 이야기가 끝나자 이현수가 김현진의 귀를 자기 입 가까이 바싹 당겼다. 오랫동안 스케일링을 하지 않은 탓인지 구취가 심해서 역겨움을 느낀 김현진이 이마를 찡그리며 물었다. "뭔데요?"

"자네가 이것도 물어봐라. 풍문에는 저 두 사람이 대낮에 모텔에서 함께 나오는 걸 봤다는 사람이 한둘이 아니라더라. 그에 어떻게 된 거냐고, 그것도 사건 조사를 위해 불가피했던 거냐고 물어봐라."

"아이고, 형님은 참."

이현수를 나무라면서도 김현진은 또 다른 근거 없는 풍문을 떠올렸다. 두 사람이 협의회가 세들어 있는 건물 계단에서 포옹하고 있는 걸 보았다는 얘기였다. 하지만 김현진은 고개를 저었다. 다 남 말하기 좋아하는 이들의 못된 버릇이 협의회 사람들에게도 감염된 지 오래였다. 김현진은 찻집 벽에 걸려 있는 타원형의 시계를 보며 조미숙에게 낮은 소리로 말했다.

"조미숙 씨의 우리에 대한 여러 생각을 충분히 공감해요. 부끄러운 점도 분명히 있고요. 하지만 협의회에 기대지 마세요. 섭섭한 소리가 되겠지만, 냉정하게 판단해보면 이건 사실 조미숙 씨 집안일일 뿐이에요. 그렇게 생각하는 게 현명해요. 지금은 누구 하나 내 일처럼 나서서 조미숙 씨를 도와주지 않을 거예요. 오히려 도와주겠다고 나서는 사람은 대체 왜 그럴까, 의심해보세요. 아무 대가 없이 내 일을 봐줄 사람이란 없는 거니까요. 세상 이치가 그래요."

최동환과 짧게 눈이 마주쳤으나 개의치 않고 김현진은 말을 이었다.

"지금은 그런 세상이 되고 말았어요. 몇 년 전처럼 경찰이 쏘아대는 최루탄에 쫓기면서도 행여 누가 넘어질까 봐 염려하거나 붙잡혀 연행될까 봐 뒤돌아보던 그런 때가 아니에요. 이제 우리끼리 싸우죠. 넌 이제까지 어디서 무얼 하고 있었느냐. 아니면 넌 그때 어디서 무엇을 했느냐. 이렇게 말이죠. 심지어 피해 등급을 가지고도 질시와 불신이 팽배해요. 어렵겠지만 어머님의 진실을 믿으시면 혼자서라도 끝까지 열심히 해보세요. 살아 있다는 것만이 전부도 아니고, 당한 자만이 억울하다는 생각도 너무 편협하잖아요. 아무튼 용기를 잃지 마세요. 당신의 동생은 어쨌든 땅속에 묻혀 있지 않나요? 민주와 정의를 위해서든 아니면 다만 운명이었든지 그건 이제 와 별로 중요하지 않아요. 죽은 자의 의사와 관계없이 아니 그 죽음을 담보로 그날의 무용담을 사유화하려 드는 우리 모두의 저열한 욕망이 딱할 뿐이죠."

결국 아무런 결론을 내리지 못한 채 사람들은 흩어졌다. 김현진은 그들의 뒷모습을 바라보며 한참을 서 있었다. 그의 가슴에는 지나치듯 정달호가 남긴 말이 바늘처럼 쿡쿡 쑤셔대고 있었다.

"자네도 말이야, 너무 냉소적으로 사람들을 바라보는 시선을 좀 따뜻하고 넉넉하게 바꾸도록 노력해봐. 우리가 운명적으로 역사적 사건에 관련된 존재임에는 분명해. 하지만 언제나 어느 때나 그런 역사의식에 매여 살 수는 없잖아. 아까 누군가 말처럼 그날의 상처와 오늘의 영예가 소수의 누군가에게만 귀속되는 것도 아니고. 주어진 조건을 어떻게 활용할 것인가 애면글면하는 게 딱하기는 하지만 그것도 자네는 예외라고 할 것 없고. 그렇지 않아? 우리는 모두 비루한 존재들이지. 그게 삶이기도 해."

어둠 속으로 질주하는 차량의 불빛 탓에 거리는 어지러웠다. 김현진은 그날의 함성과 눈물 젖은 주먹밥과 널브러진 주검들을 잠깐 기억했다. 어쨌거나 그녀의 가슴에 두 번이나 아들을 묻고 오열하던 임인순도 떠올렸다. 그날의 거리를 걷고 있는 우리의 가슴속에는 모든 의로웠던 죽음마저도 새벽녘에 꺼져가는 화톳불과 같이 망각의 재로 꺼져버렸구나 하는 회한이 그의 가슴을 오래 짓누르고 있었다. 이제 누가 있어 순수의 모닥불을 지필 것인가. *

그 밤의 붉은 꽃

그 밤의 붉은 꽃[*]

별장 윤돈신

윤돈신의 얼굴을 그윽하게 바라보던 장군이 무겁게 입을 열었다. 바다로 나아가야, 마침내, 살 수 있다. 삼별초 본영이 있는 진도 용장산성에서 유존혁 장군이 있는 남해까지 가야 했다. 별장 윤돈신과 그의 수하 이정빈은 낡은 지도를 받아들기는 했으나 대체 얼마나 먼 거리인지, 어느 길로 가야 마땅한지를 가늠조차 하지 못했다. 다만 가야 했다. 가서 배중손 장군의 서찰을 전해야 했다. 봉인되어 있었으므로 그 내용을 알 수는 없었다. 그랬어도 윤돈신은 그에게 직접 밀명을 내린 장군의 무거운 낯빛을 보아 짐작할 수 있었다. 장군은 덧붙였다. 빼앗기면 되찾을 수 있으나

---

[*] 이 소설은 삼별초에 관한 실존 인물과 역사적 사실에 근거했으나 처음부터 끝까지 허구의 이야기다.

내어주면 되찾을 수 없다.

그 말씀은. 윤돈신은 굽혔던 허리를 펴고 장군의 얼굴을 살폈다. 혀를 잘려 말을 할 수 없었으므로 다만 눈빛으로 물었다. 그렇다. 강화에서 봉기했을 때도 했던 말이다. 그는 돌아섰다. 시간이 많이 남아 있지 않다는 것을 윤돈신은 짐작하고 있었다. 곁에서 호위하던 궁인 정화에게 작별인사를 할 틈도 허락되지 않았다. 정화의 얼굴이 밤낮없이 달려 길을 줄이는 그의 발길에 자꾸 밟혔다.

궁인 정화

본디 고려 왕조는 황제국으로 칭하며 요, 송, 금 등 대륙의 세력에 굽히지 않고 저들과 당당하게 맞선 국가였다. 그러나 대륙은 물론 유럽 지역에까지 광포하게 세력을 넓혀가던 몽골의 오랜 기간에 걸친 침략으로 고려는 누란의 어려움에 처하게 된다. 게다가 무신 집정자들의 잦은 교체는 정국의 불안 요인을 가중하여, 마침내 몽골과 강화함으로써 고려는 복속국의 지위로 추락하게 된다.

왕전은 몽골의 고려 침입 초기인 1235년(고종 22년)에 태자로 책봉되었고, 1259년 강화를 요청하기 위해 몽골에 입조한다. 그러나 부왕인 고종의 죽음으로 급거 귀국하여 왕의 자리에 오른다. 왕전이 고려로 돌아가기 전에 몽골의 칸 쿠빌라이는 사자를 보내 약조한다.

너희가 이미 나에게 무릎을 꿇고 귀의하였으니 변방에 나가 있는 장수들에게 명하여 철수를 독촉할 것이다. 섬(강화)에 갇혀 있는 백성들이 오랫동안 도탄에 빠져 있었음을 모르지 않으니 군대를 다하여 끝까지 토벌하는 것이 내 본심이 아님을 알라. 죄 짓고 도망해온 자들의 말을 듣고 고려와의 관계를 나쁘게 하지 말 것이며, 유언비어가 떠돈다 해서 이미 정한 맹약을 무시하지 말라고 일렀으니, 너희가 오직 성심으로 대한다면 일절 묻지 않을 것이다.

마땅히 넓은 은혜를 베풀어 천하가 나에게 복속하며 나의 감화를 새로이 받도록 할 것이다. 나의 이러한 명령이 하달되기 전에 혹 내란을 음모한 주모자가 있었거나, 내 군대에 저항하였거나, 이미 항복하였다가 다시 반역하였거나, 사사로운 원한 관계가 있다 하여 함부로 사람을 죽였거나, 용납될 길이 없다고 본래 주인을 배반하고 망명하였거나, 부득이한 사정으로 여러 사람의 협박을 따랐다거나 따위 일을 한 자들은 응당 우리 몽골 사람들과 같은 법에 따라 처벌하되 이미 법을 위반하고 죄를 범한 자는 그 경중을 따지지 않고 모두 용서하여줄 것이다. 세자는 본국에 돌아가 정사를 바로잡되 원수를 풀어주고 나쁜 감정을 없애 덕과 은혜를 널리 베풀어 민심을 안정시키도록 힘쓰라. 그렇게 하면 우리 군대가 다시는 고려 국경을 넘어가지 않을 것이다.

그렇게 왕전은 귀국하여 고려의 새로운 왕의 자리에 오른다. 그가 원종이다. 그러나 최우, 최항, 최의, 그리고 김준 등의 무신 집정자들의 위세에 눌려 유명무실한 군주 자리를 힘들게 지켜내야 했다. 그러다 무신 집정자 임연에 의해 폐위되는 수모를 겪고 난 후, 몽골의 도움을 받아 무신 집정자의 전횡과 삼별초의 진압으로 왕권을 강화하는 기반을 마련한다.

하지만 그 모든 과정에서 몽골의 힘을 빌리지 않을 수 없었다. 빚을 갚지 않을 도리가 없으니 몽골에 대한 예속화가 가파르게 진행되면서 저들의 끊임없는 간섭에 시달리게 된다. 복종하면 더는 군대를 들여보내지 않겠다고 했던 쿠빌라이의 약속은 강화에서 삼별초군이 저항을 시작한 이후 허언이 된다. 감당하기 힘든 세공과 아직 어린 처녀 아이들을 매해 5백 명 넘게 보내야 하는 요구를 들어주느라 신민들의 원망이 하늘을 덮었다. 고려가 몽골에 정치적으로 복속된 대가는 컸다. 매년 일정 정도의 물자를 바치는 조공과는 달리 세공은 고려의 의무로서 정기적 반복적으로 보내야 하는 것이었다. 거란과 금에도 일정한 조공을 바쳐오긴 했으나 몽골의 세공은 가혹한 약탈과 다름없었다.

삼별초가 강화에서 개경으로의 환도 요구를 순순히 따랐다면 몽골군에 의한 백성들의 도륙은 그가 왕이 된 이후에는 없었지 않을까 하는 원망이 원종의 마음에 남아 있다. 그러나 한편 몽골에 맞서 싸웠던 기개 있는 장수들을 잃어버린 데 대한 회한은 원종의 마음속에 깊은 그림자를 남긴다. 그래도 희생은 컸으나 우리 군사들의 끈질긴 저항이 없었다면 저들은 우리 고려를 더 얕잡아보았을 것이라고 그는 스스로 위안한다.

원종은 진도에 이어 제주에 웅거한 삼별초를 완전하게 제거한 후 일본 정벌을 앞두고 숨을 거둔 비운의 왕이었다. 무신들을 통제하지 못한 탓에 서로를 죽이고 몽골군의 침략에 맞서 합심하지 못한 탓에 숱한 백성들이 참혹한 죽음에 이르렀음을 그는 못내 가슴 아파했다. 젊은 아들은 전장에 나간 후 소식이 없고 어린 아들은 굶주림과 역병에 시달리다 죽어가고 있음을 한탄하는 노인네들의 곡소리가 마을을 덮었다. 남편을 전장으로 떠나보내고 어린 아들은 죽어가는데 젊은 여인들은 마을을 덮친 몽골군에게 욕을 당하고 있다는 하소연이 궁 안에까지 들려왔다. 왕은 참담했다.

그가 태자로 책봉받기 전부터 그의 곁에서 수발을 들어주던 궁인 가운데 정화가 있었다. 왕이 되었고, 왕이 되기 전에는 왕의 자리를 물려받을 태자였으나 실권은 무인 세력에게 있었다. 그들은 왕을 참칭하지는 않았으나 왕의 권위 대신 자신들의 정파적 이해를 우선시했다. 한번 시작한 일이었으므로 그것을 스스로 그만두지 못했다. 동지 관계에 있었던 무인들끼리 끊임없는 소모적 갈등과 권력 다툼으로 서로가 서로를 죽였다.

왕실은 그 자신의 힘으로는 무인들을 제어하지 못했고, 항상적인 불안에 시달렸다. 특히 어린 왕자였던 왕전은 목숨이 위태로웠다. 태자의 자리에 오르기 전에, 왕의 자리에 오르기 전에 누군가에 의해 죽임을 당할지도 모른다는 불안과 고통의 감각에 그는 시달려야 했다. 밤에 편안한 잠을 이루지 못했고, 낮에 즐거운 마음으로 궁 안팎을 거닐지 못했다. 때맞춰 밥을 먹거나 마실 것을 들이킬 때도 항상 저어했다.

그때 늘 곁에서 침착하고 온화한 얼굴로, 그러나 간혹 단호한 표정과 어조로 그를 지켜주고 살펴주던 이가 궁인 정화였다. 왕자는 정화가 눈에 보이지 않으면 깜짝 놀랄 만큼 초조하고 두려운 기색을 감추지 못해서 주변의 비웃음과 안타까움을 동시에 받았다. 정화는 왕자의 곁에서 그를 보살펴주는 어머니요 시녀요 연인이었다. 한번은 원종이 "내가 결국 몽골의 종이 되겠구나" 하고 탄식했을 때, "그렇게 해서라도 왕이 되어야 하고, 왕이 되어 그 자리를 튼튼히 해야 종에서 벗어날 수 있으니 마음을 굳게 하셔야 합니다"라고 위로했다. 왕은 "네가 내 어미로구나" 하고 울었다.

원종이 태자가 되고 후일 몽골에 입조차 갈 때도 정화는 늘 그의 곁 가까이에 있었다. 그러나 고려 왕으로 책봉받고 돌아오던 시기, 삼별초가 몽골에 굴복하는 것과 개경으로 환도하는 것을 거부하며 반기를 들었을 때, 마침 정화는 몸살기가 심한 탓에 강화의 궁에 머물 수밖에 없었다. 운명은 누구도 알 수 없는 일이어서 원종의 육촌 아우 승화후 온이 삼별초 군영에 볼모로 잡혀 있을 때, 정화는 온을 돌보는 궁인으로 함께 저들 진영에 붙들려 있어야 했다.

그렇게 해서 진도로 가야 했던 정화는, 자신의 마음과는 아무

관계 없이 진도 정부의 왕으로 추대된 온을 가까이에서 돌보는 일을 맡아야 했다. 강화에서의 원종 못지않게 진도에서의 온 역시 삶과 죽음의 경계에서 위태롭게 매 순간을 버티고 있었다.

정화는 고려 왕실의 남자들이 지닌 불안의식이 제 몸속에 뿌리를 내리고 있다는 생각에 가끔 몸서리를 쳤다. 그러나 누구라도 살아 있는 제 목숨을 함부로 해할 수는 없었고, 살아 있는 한 살아 있다는 감각에 충실해야 한다고 그녀는 스스로 다독였다. 개경으로 돌아간 왕이 그리웠다. 그렇게 생각하자 곁에 있는 왕, 온에게 불경스러운 느낌이었다. 몸은 멀리 있어도 마음은 그렇지 않다는 말이 헛것이었음을 정화는 진도에 내려와서야 비로소 알게 됐다. 몸이 멀어지면 아무리 애써도 마음도 멀어지고, 몸을 가까이하면 부러 애쓰지 않아도 그 몸과 가까워지게 되는 것을 알게 됐다. 왕궁 가까이에 있는 저수지의 깊고도 푸른 물이 자주 그녀에게 손짓하고 있다는 생각이 들 때면 정화는 가만가만 고개를 가로저었다.

진도 삼별초를 토벌하러 몽골과 개경 정부의 군사들이 가까이 왔다는 소식은 많은 이들의 입에서 입으로 옮겨 가며 흉흉한 소문을 만들어냈다. 삼별초가 나주 공략에 실패한 이후 정화에게 어느 날, 사람이 왔다. 강화에서 궁을 지키던 삼별초의 무인이었다. 서로의 얼굴과 살아온 대강의 내력을 알고 있는 사이였다. 그는 이제 개경 정부에 속한 사람이었다. 사내는 정화에게 삼별초 추토사 김방경 장군의 밀서 한 장을 내밀었다.

"불충한 무리는 죽음이 목전에 이르렀으니 내응하여 목숨을 부지하라. 이것은 나의 뜻이기도 하려니와 무엇보다 왕의 뜻을 전하는 것인 만큼 각별하게 여겨 조금의 소홀함도 없도록 하라."

윤돈신

사내가 조용히 물러난 후 정화는 이불 속에 몸을 묻고 소리 없이, 오래 울었다. 그리운 이가 나를 잊지는 않았구나 하는 서러움이 온몸의 피톨을 살아 움직이게 하면서도 달리 방법도 없는 자신의 형편이 가련했다. 그녀를 호위하는 임무를 맡고 있던 윤돈신은 정화가 기쁜 표정을 보일 때 까닭 없이 마음이 환했고, 정화가 마음 둘 곳을 모른 채 두려워할 때 날카로운 것에 벤 듯이 마음이 아려오는 것을 느꼈다.

윤돈신은 남해를 향해 밤길을 서둘러 걸으며 순간순간 지난 몇 해 동안의 기적 없이 살아온 시간을 회상했다. 그는 무신들이 정변을 일으킬 때 죽임을 당한 환관의 자손이었다. 의종 주위에서 나라를 그르치고 문신들을 모욕했던 스물세 명의 내시가 정변 즉시 죽임을 당하고 그들의 재산은 몰수되었다. 목숨을 잃지 않은 식솔들은 최씨 정권 일가의 노예로 귀속되었다. 환관들이 세 치 혀를 가볍게 놀려 임금의 귀를 더럽혔다는 이유로 무신들의 노예로 살아남은 가족들은 누구라도 예외 없이 혀를 잘렸다.

윤돈신은 장정이 되자 할아버지의 원한을 갚겠다는 부질없는 생각 대신 무신 집권자들의 눈에 들기 위해 노심초사했다. 그 길만이 살길이라고 믿었기 때문이었다. 물론 마음 깊은 곳에는 왕실이든 무신들이든 모두에 대한 적개심이 살아 있었다. 환관이었다는 그의 할아버지가 세 치 혀로 임금의 성정을 어지럽혔다 한들 그것이 왜 그 자신의 죄란 말인가 하는 억울함이 컸다. 그의 아비도 마찬가지였다. 그의 아비도 혀를 잘리는 벌을 받고 무신 집안의 노예로 부려졌다. 자신과는 상관없는 죄로 자식과 후손까지 연좌하여 죄를 묻고 대를 이어 노예로 부치는 법이 대체 어디 있느냐고 윤돈신은 마음속으로 울부짖었다.

그러나 마음을 들키면 살아남을 수 없었다. 살아남아야 무엇이든 할 수 있었다. 오래전 최충헌의 사노 만적이 새로운 세상을 꿈꾸었다가 발각되어 수백 명이 산 채로 수장되었다는 이야기를 전해 들어 알고 있었다. 살아남는 길은 무신 집정자들의 편에 서는 것이었다. 그는 몽골군과의 전투에 나섰다가 포로로 잡혔다. 그는 오래전 무신들에게 비참하게 죽었다는 할아버지의 원수를 갚는 것처럼, 혀를 잘린 노비로 평생을 무시당하며 고통스럽게 살다 숨을 거둔 아비의 원수를 갚는 것마냥, 몽골군의 목을 베고 가슴 깊이 창을 찔러 넣었다. 간신히 도망쳐서 삼별초군에 합류하였고, 배중손의 눈에 들었다. 그가 보여준 깊은 적개심과 삶에 대한 의지, 무엇보다 혀를 잘려 말을 하지 못하는 그의 형편이 배중손의 눈에 들었던 때문이다.

이정빈

가을이었다. 바닷길이 빠를 것이었으나 해로를 따라 남해로 떠났던 전령들은 돌아오지 않았다. 전라도 해안과 다도해에 있는 크고 작은 섬들은 이미 몽골군이 장악하고 있었다. 그들은 섬의 백성들을 내륙 깊숙한 지역으로 이동시키고 포구마다 함선들을 배치해두어 삼별초의 내습에 대비하고 있었다. 내륙도 다르지 않을 것이었으나 몸을 숨기면서 움직이기에는 그래도 육로가 나았다. 장사꾼으로 때론 농부나 승려로 변복한 채 길을 줄여나가는 윤돈신에게 낮은 짧았고 밤은 길었다. 삼별초도 결국은 그런 운명이지 않을까. 그는 낮게 탄식을 뱉었다. 그를 따르는 수하 이정빈은 앳된 청년이었다. 그는 윤돈신의 입을 대신했을 뿐 정작 자신의 일에 대해서는 침묵했다. 그는 승려의 버려진 자식이었다고 했다.

왕조가 개창될 때부터 고려 왕실을 비롯한 지배층과의 긴밀한 관계를 구축했던 교종은 12세기 전반 내내 불교의 지배 세력이 된다. 귀족의 생활 중심인 개경에는 대부분 교종에 속하는 70여 개가 넘는 사찰이 있었다. 궁궐 근처의 흥왕사는 왕실의 특별한 관심을 받았으며 여러 왕의 아들들이 승려가 되기도 했다.

그럼 자네도? 윤돈신은 눈으로 묻는다. 표정만으로도 그의 뜻을 아는 이정빈은 아무 말 없이 고개를 젓는다. 교종은 점차 나라에서 가장 넓은 토지 소유자 중 하나가 되었다. 사찰은 토지와 함께 노비를 소유했으며 사찰 토지를 경작하는 소작인들도 관리했다. 사찰은 이제 고려사회의 중요한 부의 저장소가 된 것이다.

고려 초기의 불교는 출발점에서 이미 국가불교 내지 귀족불교적 색채가 강했다. 그러나 국가에 의한 불교 중시는 당연하게도 많은 폐단을 낳았다. 특히 의종은 민생과 정치에는 별로 관심을 보이지 않았다. 대신 수많은 민가를 철거하여 별장과 사찰을 짓고 쉴 새 없이 놀러 다녔다. 만취해서 절간에서 잠드는 일도 많았다. 낮에는 절에서 제를 지내고 밤에는 문신과 승려들과 함께 술을 마셨다. 무신들은 잠을 제대로 자지도 못하고 밥도 굶으면서 그런 왕을 지켜야 했다. 왕이 승려들과 가까이하자 궁궐 안에는 승려들로 가득했다. 그들은 환관들과 결탁하여 도처에 크고 작은 사찰을 짓는 데 열중했다. 그 모든 것이 백성들의 고혈을 짜낸 데다 백성들의 노동력을 착취함으로써 가능한 일이었다.

물론 정변을 일으킨 무신 세력이 자신들의 정변을 정당화하기 위해 후일 의종에 대한 기록을 왜곡했을 수 있다. 모든 기록은 왜곡과 오염의 가능성이 있다. 우리는 진실을 알 수 없다. 더구나 한 나라의 왕이 나라를 튼튼히 하는 일에 게으르고 백성들의 삶을 보살피는 일에 소홀한 채 주지육림에 빠져 지냈다는 것을 곧이곧대로 믿기는 어렵다. 제정신이 아닌 바에야 가능한 일이 아니다. 다만 백성들의 어려움이 대체로 방치되었던 것만은 사실인 듯하다. 곳곳에서 지속적으로 일어난 농민들과 노비들의 크고 작은 봉기가 그것을 증명한다.

어쨌거나 의종은 결국 정중부와 이의방의 무신정변으로 왕의 자리에서 쫓겨나고 환관들과 승려들은 죽임을 당했다. 정변이 일어난 장소가 개경 근처 사찰인 보현원이다. 정변으로 문신들과 함께 승려들이 대거 죽임을 당하자 귀족불교 세력은 무신들에 저항한다. 1174년 승려 백여 명이 무신정권을 타도하겠다는 명분으로 성안으로 진입한다. 그러나 이제 막 정변을 일으킨 무신 세력을 얕잡아보았던 승려들은 이의방이 거느린 천여 명의 군사들에 의해 수십 명이 목숨을 잃고 해산한다. 중광사와 홍호사, 귀법사와 홍화사 등의 승려 2천여 명도 왕정복고를 명분으로, 그리고 무신들의 칼에 죽임을 당한 승려들의 복수를 위해 일어섰으나 또다시 이의방이 거느린 군사들에 의해 백여 명이 죽임을 당하고 그들 사찰은 모두 불에 타 재가 된다.

본래 백성들은 무능하고 부패한 왕실과 귀족들은 물론이고 그들과 결탁한 사찰에 대한 불신과 적의가 작지 않았다. 무신들은 자신들의 이해관계 때문에 정변을 일으켰으나 정변이 백성들의 일정한 지지를 받을 수 있었던 것은 그런 사정이 얽혀 있었기 때문이었다. 그러나 극에 달한 의종의 사치와 방탕, 빈번하게 거행되었던 불사에 충당하느라 백성들의 고혈을 짜냈던 데 대한 반감을 이용해 정변을 일으켰던 무신들도 백성들의 어려움을 근본적으로 해결하지는 못했다. 오히려 문신들을 대신하여 백성들을 착취하고 굶주림에 허덕이게 하는 장본인이 되었을 뿐이다. 게다가 몽골군의 침략으로 백성들은 이제 벼랑 끝에 서게 된 것이다.

이정빈의 생모는 무신 집권기 혼란한 때, 개경 근처 사찰 소유 토지를 빌려 농사를 짓는 가난한 농부의 아내였다. 젊고 자태가 고운 그녀를 사찰의 주지가 탐냈다. 주지는 가깝게 지내던 무신의 힘을 빌려 농부를 압록강 근처의 국경 수비대로 보내고 여인을 차지한다. 그 여인에게서 태어났으니 아무래도 아비는 승려일 것이다. 이정빈은 윤돈신을 가까이에서 모시며 의지했으나 자신의 신원과 속내를 발설하지 않는다.

만약에 몽골이 고려를 침략하지 않았더라면. 이정빈은 생각한다. 그랬다면 어미가 처참하게 죽임을 당하지 않았을까. 남편과 생이별을 하고 나서 억지로 살아야 했던 승려를 용서하면서 생을 부지하기는 했을까. 그런 삶은 행복했을까.

몽골이 고려를 대대적으로 침략하던 과정에서 몽골군의 잔혹함이 유감없이 발휘된다. 발크에서 백기를 들고 화평을 청하며 공물까지 바친 주민들을 몽골군은 한곳으로 모두 모이게 한다. 숫자를 세어 먹을 것을 주겠다는 핑계였다. 먹을 것을 주겠다는 말을 듣고 숨어 있던 사람들 거의 모두가 은신처에서 나왔으나 몽골군은 그들 모두를 몰살한다. 키바에서 네사에 이르는 지역에 거주하던 7만여 명에 이르는 주민들 모두를, 여자와 아이들을 가리지 않고 하나하나 화살로 쏘아 죽였다. 대도시 니샤푸르에 살던 주민 700만 명을 모두 죽이고 도시의 건물들 주춧돌까지 빼내 아무도 살지 못하는 폐허로 만들었다. 헤라트에서는 160만 명의 주민들 모두가 학살당했다. 이후 이슬람군이 다시 지역을 회복하고 모스크에 생존자들을 모이게 했을 때, 단지 40명만이 살아 있었다고 전해진다. 이렇게 징기즈 칸의 몽골군은 서역 일대에서만 무려 2천만 명이 넘는 사람들을 학살했다. 몽골군에 의해 뿌려진 저 참혹한 풍문들은 고려 사람들을 두려움에 휩싸이게 하는 데 충분하고도 남았다.

몽골과의 개전 초기에 경기도 광주와 충주, 청주와 같은 대표적 군현이 전면적인 살육을 겪었다. 치열하게 몽골에 저항했던 서해도 경산성에서는 성안에서만 4,700여 명이 살육을 당했다. 10세 이상의 남자아이는 모두 도륙당하고, 부녀자와 어린아이는 모두 포로로 잡혀갔다. 평주에서는 닭과 개가 한 마리도 남지 않을 정도로 무자비한 살육을 당했다. 1231년 몽골의 살리타가 이끄는 대군이 고려를 침입했을 때는 40여 개의 성을 빼앗고 저항하는 고려 군민들을 모두 도살했다. 뿐만 아니라 철주와 평주 지역에서는 도처에 불을 지르고 약탈을 자행하여 저들이 지나는 곳마다 전멸하지 않은 곳이 없었다. 가옥에 불을 지르고 백성의 재산을 무수히 약탈했다. 몽골군은 개경성 바깥에 머물며 고려 왕의 친신 입조를 강요하는 한편, 군복 100만 투와 수달피 만 령, 그리고 대소마각 1만 필에 더해 관료와 환관의 자녀 각 1천 명씩을 바치도록 요구했다.

그 전쟁의 때에 불시에 들이닥친 몽골군의 손에 사찰은 잿더미가 되고 저항하던 승려들은 불귀의 객이 된다. 이정빈의 어머니는 몽골군의 손아귀에서 벗어나지 못한 채 치욕을 겪다가 스스로 목숨을 버린다. 몽골군은 죽은 어미의 시신을 불태운다. 그가 삼별초에 들어온 사정이 그러했다.

고종 41년(1254) 정월 5차 몽골의 침략군이 고려로부터 철수한 후 차라대라는 이름의 장수로 그 지휘부를 개편한 몽골군이 같은 해 7월 다시 서북면으로 침략을 개시하면서 시작된 6차 전쟁 기간에만도 몽골 군사에게 포로로 잡힌 남녀가 20만 명이 넘었고, 살육된 자가 이루 헤아릴 수 없었으며, 그들이 거쳐 간 고을들은 모두 잿더미가 되었다. 너무 많은 사람이 죽었고, 그래서 다들 세상의 종말이라고 믿었다. 고려 사람들에게 제국, 침략자, 몽골은 재앙 그 자체였다. 이정빈에게도 그러했다. 그는 다만, 침략자 몽골에 저항하는 고려 조정과 삼별초군 역시 민심에 부합하지 못함을 눈여겨보고 있었다.

강화의 삼별초군은 외통수에 몰려 있던 참이었다. 살고 싶었다. 살 수 있는 유일한 방법은 맞서는 일밖엔 없었다. 무신들이 맞서는 일은 칼을 드는 일 말고는 없었다. 그렇게 처음에는 죽음이 아니라 살고자 하는 욕망이 저들을 살아 움직이게 하는 강력한 그리고 거의 유일한 동기였다. 그것만으로도 출발의 의미와 명분은 충분했다. 대규모의 선단을 동원하여 진도로 내려왔을 때, 그리고 왕을 세우고 주변 지역을 복속시키며 근거지를 튼튼하게 다져나갈 때만 하더라도 아무런 문제가 없어 보였다. 여러 지방의 노비들과 백성들이 자원하여 진도를 찾았다. 군사들은 훈련이 잘되어 있는 정예 병사들이었다. 함께한 무신들과 병사들과 일반 백성들을 적절하게 조직하여 새로운 정부의 면모를 갖춰나가는 한편 만일에 대비하여 남해와 제주지역을 확보하는 일도 게을리하지 않았다.

그러나 이정빈의 눈에는 거기까지였다. 여몽연합부대는 점차 진도 본영을 옥죄어왔다. 크고 작은 전투에서 패하면서 진중의 사기는 몰라보게 약화하고 있었다. 지휘부에 대한 암살과 분열 공작이 끊임없이 시도되었다. 배중손 역시 가끔 자신의 주변을 돌아보는 버릇이 생겼다. 저들 중에서 누가 내게 칼을 들이밀 것인지 짐작조차 할 수 없는 순간들이, 그 틈새가 느껴질 때마다 그는 극심한 두통을 느꼈다.

잠시였으나 왕이 궁궐을 벗어난 사건도 있었다. 아무리 쉬쉬했어도 소문은 들불처럼 번졌다. 병사들은 죽어가는 동료 병사들을 지켜보면서 우리가 목숨을 내놓으면서 지키고자 하는 것 혹은 이루고자 하는 것은 무엇인가 하는 질문들을 저마다 하게 된다. 질문은 어느 때고 위험하고 불순하다.

배중손

배중손을 비롯한 진도 삼별초 정부의 지도부는 그러한 질문에 충분한 답을 주지 못했다. 강토를 폐허로 만들고 있는 몽골군에 맞서 싸우겠다는 명분은 개경 정부군이 몽골군과 함께하는 순간부터 빛을 잃기 시작했다. 백성들을 도탄에 빠트린 왕과 귀족들을 멸하고 사원을 정리해서 농사지을 땅을 백성들에게 나누어주겠다는 다짐은 그러나 공허했다. 자신들이 남부 내륙과 인근 도서 지역을 휩쓸고 다니며 식량과 물자를 조달하는 과정에서 결국 백성들의 것을 빼앗았기 때문이었다. 엄명을 내리고 그것을 어긴 자는 더러 목을 치기도 했으나 군사들은 여인들을 욕보이기도 했다. 어느덧 삼별초는 약탈자라는 오명을 뒤집어쓰고 있었다. 이정빈은 물처럼 흔들리고 있는 자신을 보았다. 나는 지금 여기에서 무엇을 하고 있는가.

이러저러한 봉기의 명분은 사실 삼별초 지휘부의 것이었지 엉겁결에 그들을 따라 칼을 빼 든 군사들의 것은 아니었다. 그들 각자는 서로 다른 꿈이 있었다. 평생 굶주렸던 농민 출신의 군사는 따뜻한 밥을 배불리 먹어보는 것이 이루고 싶은 꿈이었다. 서얼 출신의 하급 군관은 출신에 따른 차별이 서러웠고, 아예 사람 대접조차 받아본 적이 없던 노비들은 그들대로 사람이 사람답게 대접받는 세상을 꿈꾸었다. 강화에서 깃발을 들었을 때, 진도에 내려와 무언가를 이룰 수 있겠다는 꿈을 꿀 때, 그들이 최소한 여기저기를 휩쓸며 같은 나라의 백성들 곡식과 재물을 빼앗고 다니는 비적 떼와 같은 일을 하게 되리라고는 생각지 못했다. 그것은 침략자인 몽골군의 짓이었다.

오랜 침략 기간에 고려 전역은 전쟁으로 인해 피폐해져가고 있었다. 민심은 조정에 대한 원망으로 가득했다. 전쟁 중의 권력은 백성들에게 더욱 가혹했다. 어떤 지방에서는 판자에 손이 박혀 죽은 백성의 시신이 방치되어 있기도 했다. 가족들의 허기진 배를 채우기 위해 군량을 약탈했다는 죄로 죽임을 당하고 버려진 경우였다. 사람들을 거리낌 없이 죽이는 가혹한 형벌은 지방관들뿐만 아니라 왕실도 사정이 크게 다르지 않았다. 나중에 몽골과 강화 후 개경으로 환도했을 때, 불타 없어지고 황폐해진 궁궐과 거리 곳곳에는 썩어가는 시체가 방치된 상태에서 살아남은 자들의 약탈이 이어지고 있었다.

진도 삼별초 지휘부에게 이제 남은 것은 두려움을 갖게 하는 것이었다. 그러나 스스로 두려움을 느끼고 있는 군주나 지도자를 두려워할 신민은 없다. 적은 날이 갈수록 강해졌으나 삼별초는 시간이 갈수록 초조해져가고 있었다. 누구나 그것을 모르지 않았다. 누구나 언젠가는 죽는 것이라며 군사들의 마음을 다잡기는 했으나 군사들의 마음은 오히려 흐트러졌다. 죽자고 싸운 것이 아니었으며, 죽자고 진도까지 내려온 것도 아니었다. 처음의 환희가 시간이 흐를수록 짙은 회의로 변해가고 있었다. 오랫동안 미래에 대한 불안과 당장에 숨 막힐 듯한 공포에 시달리다 보면 누구라도 그런 상태에서 벗어나기만을 간절하게 원한다. 이정빈은 물론이고 윤돈신도 진도 본영에 있을 때 군사들의 그늘진 얼굴에서 오래지 않아 우리들의 꿈이 꺾이고야 말겠구나 하고 느꼈다.

삼별초군에 의해 강제로 진도까지 내려와야 했던 개경 정부의 관리들과 그 가족들은 반정의 무리에게 포로의 몸이 된 것을 수

치스러워하는 이가 적지 않았다. 어떤 이들은 진도 정부의 부름에 꼼짝도 하지 않고 두문불출하거나 혹은 해안가에 나가 종일 낚시를 하는 것으로 항의했다. 사람들은 전쟁에 지쳤고, 삼별초군의 무모함 탓에 희생만 컸다. 그래서 그들 중 어떤 이들은 결국 여몽연합부대에 의해 진도에 임시로 자리 잡은 저들이 조만간 진압되리라고 굳게 믿었다.

몽골은 고려 백성들에게는 원수였으나 고려 조정에게 삼별초는 역적이었다. 그러나 이제 개경 정부는 몽골과 강화를 한 터였으므로 삼별초 반군이 진압되기만 하면, 자신들의 안위에 별다른 문제는 없을 것이라고 생각했다. 그렇게 생각해야 견뎌낼 수 있었다. 그렇다면 어떻게든 목숨은 부지하되 역적의 무리에게 부역해서는 후일의 목숨이 위태로울 것은 자명한 이치였다.

그들은 삼별초에 대놓고 맞서지는 않았으나 협조하지도 않았다. 대놓고 맞서거나 도망을 하다 잡히면 목숨을 부지하지 못했으나, 집안에 틀어박혀 있거나 낚시로 소일하는 이들까지 불러낼 만큼 삼별초 군영이 한가롭거나 군세가 약하지 않았다. 삼별초 진도 정부는 그렇게 생각했다. 군민들을, 더구나 붙잡아온 개경 정부의 관리들과 그 가족들을 지나치게 가혹하게 대해서 얻을 수 있는 것보다 회유하고 기회를 주는 것이 더 나은 방책이라고 믿었다. 배중손이 가까이하고 있던 승려 혜정의 권유가 작은 역할을 하기도 했다.

승려 혜정

혜정은 배중손과 그의 군대가 지나친 열망에 사로잡히지 않도록 늘 주의를 기울였다. 하늘의 도란 겨루지 않고 훌륭히 이기는 것이고, 말하지 않아도 훌륭히 응답하고, 부르지 않아도 저절로 찾아오고, 느슨하면서도 훌륭히 꾸미는 것이라는 노자의 말을 들려주기도 한다. 배중손은 때론 그의 말이 불편하다. 감행하는 데 용감한 사람은 죽임을 당하고, 감행하지 않는 데 용감한 사람은 살아남는다는 말에는 역정이 나기도 한다. 그러나 그는, "불자가 어찌 노자의 말을 들려주시오?" 하려다 "세상에 천 갈래 만 갈래 길이 있겠으나 되돌아갈 수 있는 길은 한 갈래도 없다"고 대답한다.

배중손에게 이제 돌아갈 길은 없다. 그렇다고 진도만을 지켜내면 되는 것인가 하는 회의를 그 스스로도 감당하기 벅차다. 추수할 때는 파종을 걱정하라는 선인들의 말을 들어 알고는 있었으나 그럴 만한 여유까지는 없었다. 살기 위하여 죽였고 죽지 않기 위하여 죽였으나, 언젠가는 자신도 죽음을 맞이하리라는 예감은 종종 몸과 마음을 고단하게 한다. 그럴 때 승려 혜정은 충분하지는 않지만 얼마간 마음의 안정을 주는 거의 유일한 인물이었다.

온과 그를 가까이서 모시고 있는 궁인 정화에게도 승려 혜정은 거의 유일한 말벗이 되어주곤 했다. 고통이 당신을 붙잡고 있는 것이 아니라 당신이 고통을 붙잡고 있는 것이라는 부처의 말은 그러나 그들에게 위로가 되지 못한다. 혜정도 모르지 않는다. 전쟁 상태가 계속되고 있는 상황에서 그의 역할은 너무나 한계가 있었다. 모두 죽어야만 끝을 볼 수 있는 이 싸움에서 살아 있다는 감각에 충실해야 한다는 그의 말은 그 자신에게도 가끔 용납되지 않았다. 여몽연합군의 공격이 가까워지고 있다는 소문과, 소문을 들었을 사람들의 어두운 표정을 읽어내는 건 어렵지 않았다. 애써 두려움을 감추고자 짓는 잠깐의 웃음은 이내 일그러졌다. 그들의 마음속에 드리운 불안과 공포의 감각까지는 승려 혜정도 어쩌지 못했다.

윤돈신

남해를 향해 길을 나선 지 벌써 일주일여가 되었을 무렵 윤돈신과 이정빈은 보성과 벌교를 지나고 있었다. 다시 일주일 열흘 정도 걸으면 순천 광양 하동을 지나 남해로 들어설 것이었다. 지역의 경계를 넘을 때마다 고려 지방군과 몽골군의 검색이 강화되고 있다는 느낌이었다. 진도가 위험해지고 있다는 징후였다. 그에 못잖게, 몽골군이 고려의 산천 곳곳을 짓이기고 다닌 이후 온전한 마을이 보이지 않아서 윤돈신은 크게 놀랐다. 흉흉한 소문으로만 들었으나 길을 가면서 실상을 눈으로 확인한 그는 다만 참혹했다.

몽골군이 지나간 자리에는 어김없이 역병이 돌아 겨우 살아남은 이들마저 시름시름 죽어갔다. 젊은 여인들은 아무도 치욕을 피하지 못했다. 전쟁과 기근과 역병이 한꺼번에 그들의 삶을 폐허로 만들었다. 먼저 죽은 자들을 나중에 죽은 자들이 애도를 표할 틈도 없이 앞서거나 뒤따라 죽어갔다.

몽골이 대륙을 휩쓴 시기는 그들이 고려를 침공하던 기간과 상당 부분 겹친다. 몽골은 3만여 명의 군사를 동원하여 고려를 침략한다. 고종 18년(1231) 8월, 무더위와 장마와 전염병이 백성들을 지치게 할 무렵이었다. 당시 고려 인구는 약 300만 명 정도였다. 몽골의 침입을 받던 1231년 당시 개경은 호수가 10만에 이르렀다. 동서남북과 중부에 각각 70개 내외의 마을이 있어 모두 344개의 마을이 있었다. 그러나 전쟁과 기아와 역병이 겹친 개경은 삽시간에 성과 마을이 파괴되고 부엉이와 까마귀들만의 거처가 되었다. 어떤 마을에서는 살아남은 사람은 열 살 미만의 어린애들과 일흔이 넘은 노인들뿐이었다. 그나마 그들도 굶어 죽거나 얼어 죽기 직전의 상황으로 내몰려 있었다. 길가에 쓰러져 있는 굶어서 죽은 시신에 완전히 붙어 있는 살점이 없을 뿐 아니라 어떤 사람들은 산 사람을 도살하여 내장과 골수까지 먹고 있다는 차마 믿기지 않는 흉흉한 소문도 들었다.

몽골군은 봄철 파종기나 가을 추수기를 골라 거듭 고려를 침략했다. 대다수가 농민이었던 고려의 백성들은 전쟁의 공포보다 굶주림에 절망했다. 인육을 먹는 이들도 적지 않았다. 적들은 경상도의 깊숙한 경주 지역은 물론 곡창지대인 전라도 나주 지역 일대까지 휩쓸고 다니며 마을을 불태우고 약탈을 자행하며 움직이는 모든 것들을 죽여 없앴다. 기아 상태에 빠진 백성들 사이에 원인을 알 수 없는 역병이 돌아 갑자기 귀신이 거처하는 마을로 변해버린 곳도 적지 않았다. 영양 상태가 극도로 나빠진 사람들의 면역력이 저하되고 나자 한번 옮겨붙은 불길처럼 역병을 물리칠 방법이 없었다. 윤돈신은 탄식했다. 어둠이 빛을 삼키면 두려움이 고려 사람들 마음을 엄습했다. 몽골은 고려에 크나큰 재앙이었다.

백성들의 집이 불타고 시체가 즐비한 참상을 뒤로하고 적지 않은 수의 백성들이 몽골군의 포로가 되어 끌려갔다. 끌려가는 중에 얼어 죽고 주려 죽은 이가 발에 밟혔다. 주검에 걸려 넘어져 또 주검이 됐다. 포로들은 앉기만 하면 저고리를 벗어 이를 잡았다고 들었다. 굶주려 앙상하고 씻지 못해 더러운 몸뚱이에 이만 들끓었다.

몽골군 병사들은 그 와중에도 여인네들을 끌고 가 성욕을 채웠다. 고려 남자들이 보는 앞에서 여럿이 윤간하고 죽였다. 치욕을 당한 어떤 여인이 겪었던 수난은 차마 눈 뜨고 보기 어려울 정도였다. 스스로 죽으려 했지만 죽지도 못했던 그 여인네는, 허리에는 찢어진 치마만 걸려 있고 속옷은 없는데 고려 군사들이 치마를 올리고 보니 음문(陰門)이 모두 부어서 걷지를 못했다.

삼별초는 이제 진도에 갇히게 되겠구나. 갇혀서 그대로 무덤이 되는 걸까. 윤돈신은 생각한다. 진도는 서남부 해안 지역을 장악할 수 있는 해상의 요충지였으나 어쨌거나 서남단의 한쪽에 치우친 섬이었다. 게다가 몽골군은 진도 삼별초군이 인근 도서 지역을 점령하여 군수물자를 조달하지 못하도록 크고 작은 섬들의 백성들을 내륙으로 옮기도록 강제했다. 텅 빈 섬들 곳곳에 불을 질러 살아 있는 것을 남김없이 잿더미로 만들었다. 이제 삼별초군은 초조해지기 시작한다. 초조해지면 내부로부터 급격하게 균열하게 마련이다. 나주 지역 정벌이 실패로 끝나지 않았다면 삼별초가 이렇게 빨리 위험에 빠지지 않았을 텐데. 윤돈신은 생각한다.

진도에 거점을 마련한 삼별초군은 8월 19일 전라도 해안가의 여러 주·군을 점령한다. 고려의 군제는 지역 단위로 편제되어 있었다. 그러나 무신들이 정변을 통하여 권력을 잡은 이후에는 공적 지휘보다는 사적인 지휘 계통이 더 잘 작동되었다. 최충헌의 노비가 장군이 되기도 하는 등 무신 집정자와의 주종관계가 갈수록 중요해지면서 지방군의 대비가 소홀해지기 시작했다. 더구나 고려의 지방군은 몽골과의 전투로 단련된 삼별초의 상대가 되지 못한다.

진도 삼별초군은 9월 2일에는 나주로 나아가 성을 포위하고 군사를 나누어 전주까지 공격한다. 나주에서는 금성산성에 진을 친 군민들이 일주일 밤낮에 걸쳐 삼별초군에 저항한다. 나주 부사 박부가 허둥대는 사이 나주 사록 김응덕이 군민들을 이끌고 산성에 들어앉아 일주일여를 버틴 것이다. 그들이 들어앉은 금성산성은 11세기 초 현종 2년인 1011년에 거란의 침입군을 피하여 왕이 숨어들었던 곳이다. 금성산성은 산세가 험한 데다 성안에 물이 풍부해서 수성전을 벌이는 데 유리한 곳이었다. 고려의 산성 대부분은 평야를 배후에 두고 사방이 조망되어 방어와 역습에 유리한 지역에 축조되었다. 당연히 인구가 밀집되어 있고 교통이 발달한 곳이었다.

이 산성 입보책은 이미 고구려가 수와 당의 침략에 맞서 구사했던 전통적인 방어 전략이었다. 그러나 외부의 침략에 일정하게 맞설 수 있는 반면 무엇보다 얼마나 버틸 수 있느냐 하는 것이 관건이었다. 그것은 일정한 공간에 스스로 갇혀서 견뎌내야 하는 일이기 때문이다. 산성 바깥에서 포위망을 좁혀오는 적들에 맞서 충분한 군량과 무기, 그리고 꺾이지 않는 저항 의지를 지속할 수 있느냐가 언제나 문제였다.

갇히면 자원과 물자는 점점 줄어들게 마련이다. 얼마나 버틸 수 있을지 근심이 늘고, 어딘가에는 미처 생각하지 못했던 균열이 생기게 마련이다. 무엇보다 왜 지켜야 하는지에 대해 스스로의 확신이 와해하기 십상이다. 그들 중 몇몇은 몽골 침략군에 저항하고 있는 삼별초군을 응원해야 하는 것 아닌가 하는 주저와 회의로 잠시 동요한다. 그러나 당장에는 조정을, 그리고 나라와 이웃을 저버린 배신자라는 낙인이 두렵다.

나주 군민들이 얼마간 버틸 수 있었던 것은 무엇보다 삼별초군이 지루한 대치를 계속할 여유가 없었기 때문이다. 그들은 사실 쫓기고 있었다. 몽골과의 대치를 끝내기로 한 개경 정부의 군대는 점차 복원되고 있었고, 그보다 몽골의 군대는 강성했다. 여러 지방을 함락하고 여러 국가의 군사들을 도륙하면서 날로 기세를 높여가고 있는 몽골군에게 두려움은 아무것도 없었다. 아무것도 두렵지 않은 군대와 맞서는 일은 무섭고도 두려운 일이었다.

삼별초군은 곡창지대인 나주와 전주를 공략하려다 뜻을 이루지 못하고 결국 진도로 철수하고 만다. 개경 정부의 김방경 장군과 몽골군 장수 아카이(阿海)가 이끄는 1천여 명의 여몽연합군이 나주로 내려온다는 소식을 듣고 나서였다. 개경 정부군의 주력 역시 예전 삼별초에 참여했던 군사들이 대부분이었다. 강화에서 배중손의 저항군에 가담하지 않았던 삼별초군들 일부가 이제 개경 정부군에 소속되어 예전에 동고동락했던 전우들을 상대로 전투를 벌였다. 개경 정부는 나주와 전주 지역에 출몰한 삼별초군에 적극 대응하지 않은 전라도 토적사 신사전, 전주 부사 이빈을 면직 처분한다.

진도의 삼별초군은 얼마간의 물자를 거두고 군사로 부릴 사람들을 붙잡아 오기는 했으나 몽골과 개경 정부군에 밀렸다는 사실은 그들의 사기를 꺾었다. 나주 지역 공략의 실패는 삼별초군의 좌절과 밀접한 관련이 있다. 그것은 명백한 하나의 징조였다. 나주 지역 공략에 실패함으로써 진도의 삼별초 정부는 진도가 갖는 입지 조건의 장점을 잃게 된다. 영민한 윤돈신은 긴박하게 오고 가는 전령들의 빠르고 거친 호흡을 통해 그런 정황을 모르지 않았으나 그는 궁인 정화의 곁만 지키기로 했다. 그것만이 자신의 소임이자 운명이라고 여겼다.

나주 지역은 내륙의 서남부 영역을 확보하는 것과 동시에 영산강 유역의 조운 시스템을 확보하고, 여몽연합군의 군사적 방어 기지로서 매우 중요한 곳이었다. 신라 말 궁예 휘하의 왕건이 진도를 확보하고 영산강을 거슬러 올라가 견훤의 방어를 뚫고 나주를 함락했던 사실은 진도와 나주가 전략적으로 긴밀하게 연결되어 있음을 보여준다. 그러나 진도의 삼별초 정부는 나주 공략에 실패함으로써 김방경을 비롯한 여몽연합군이 나주를 거점으로 하여 영산강을 따라 진도를 압박하게 하는 길을 내주고 만다.

진도가 강화보다는 좀 더 넓었으나 그래도 섬 안에 갇히게 된 것이다. 갇히면 초조해진다. 시간은 갇힌 자의 편이 아니게 된다. 저들은 점점 무력해져간다. 도망자가 속출한다. 강화에서 진도로 내려올 때의 그 천여 척의 대선단은 놀랄 만큼 쪼그라들고 있었다. 1270년(원종 11) 삼별초는 진도를 거점으로 삼은 지 3개월 만에 제주를 배후 거점으로 확보하기 위해 그해 11월 3일 이문경 부대를 제주로 파견한다. 나주 지역의 공략 실패 후 진도 삼별초 정부의 차선의 방책은 제주도 공략이었을 것이다. 진도와 해상으로 108킬로미터나 떨어져 있는 데다가 개경 정부의 세력권에서 멀리 떨어져 있는 제주만큼 진도의 배후 거점 해도로 적합한 곳은 없었기 때문이다. 여몽연합군이 제주까지 닿기 위해 수군과 군함을 갖추기까지는 많은 시간이 필요하다는 생각과 상대적으로 큰 섬이어서 군사들의 동원과 물자의 배급도 어렵지 않을 것으로 판단했다.

그날 밤 윤돈신은 배중손으로부터 남해로 가라는 군령을 받았다. 남해에는 대장군 유존혁이 거느리는 부대가 있었다. 나주 지역의 공략을 통해 내륙으로의 확장을 꾀하려던 계획이 어긋난 이후 남해 지역은 해상과 내륙으로 나아가기 위한 삼별초군의 교두보였다. 남해는 개경으로 가는 경상도와 전라도 물류의 대부분이 경유하는 조운로의 대동맥이기도 했다. 특히 진주는 60여 년을 집정한 최씨 무신 집권자들의 식읍지가 집중된 곳이었다. 남해에 진출하여 점차 연안의 해상권을 확장하고 있던 유존혁 장군을 통해 진도 정부는 일본에 국서를 보내기도 한다. 여몽연합군이 장차 일본을 정벌하기 위한 준비를 하고 있음을 알리면서 더 늦기 전에 진도 정부와 동맹을 맺어 대비할 것을 독촉하기도 하였다. 수만 명의 훈련된 군사를 청하기도 한다.

윤돈신은 주로 밤길을 부지런히 걸었다. 배중손 장군의 밀서는 아마도 시시각각 포위망을 좁혀오고 있는 여몽연합부대를 경상 지역으로부터 협공하거나 지원을 요청하는 내용일 것이었다. 한시라도 지체할 수가 없었다. 그러나 남해의 유존혁 장군 진영에 닿기 직전 윤돈신은 하동 어름에 주둔하고 있던 고려 지방군에 붙잡히고 만다. 만일에 대비해 몇 걸음 뒤에서 따르던 이정빈은 밀서를 간직한 채 몸을 숨겼다.

배중손

진도는 제주도와 거제도 다음으로 큰 섬으로 해안선의 둘레가 268킬로미터에 이른다. 진도의 용장산성은 북벽과 서벽 및 동벽의 일부는 바다와 접하고, 나머지 구간은 진도 성황산 능선을 통과하는, 둘레가 13킬로미터에 달한다. 면적은 7천여 평이나 된다. 삼별초군은 지동에 개경의 왕궁과 유사한 배수체계를 갖춘 건물 75동을 짓는다. 원종의 육촌 승화후 온을 내세워 새로운 정부를 세운 그들은 기존의 사찰 건물을 개조하여 황궁을 짓는다. 축대가 붕괴되는 것을 막기 위해 수로의 내부를 계단식으로 만들고, 물이 나오는 곳은 석재로 길을 만들어 땅이 파여 무너지는 것을 막도록 시공할 정도로 그들은 그들의 왕국을 튼튼하게 만들려고 애를 썼다.

그러나 강화에서 진도로 내려온 사람 중에는 몽골에 대한 항전 의식만으로 뭉친 삼별초의 군병들만 있던 게 아니었다. 강화에 눌러앉았던 개경의 문신들에게 딸려 있던 하급 관리나 노비들, 무엇보다 개경으로 환궁하려고 준비하던 차에 삼별초군에 붙잡혀 끌려온 귀족 가문의 아녀자도 상당했다. 강화에서 1천여 척의 대선단을 이끌고 74일간의 항해 끝에 진도까지 내려오는 과정에서 마지못해 합류하거나 강제로 붙잡혀 온 이들도 적지 않았다.

그들은 목숨을 부지해야 해서 겉으로는 순종하는 듯했으나 하루라도 빨리 개경 정부군의 진입과 저들로부터의 해방을 염원하고 있었다. 그것을 모를 리 없는 토벌군의 진지에서는 끊임없는 선무공작을 벌였다. 진도 삼별초군의 일거수일투족은 남김없이 추토사 김방경의 진지에 보고되었다. 물론 몽골의 길잡이로 들어온 홍다구의 진영에도 삼별초군은 물론이고 추토사의 움직임 모두가 시시각각 보고되고 있었다. 진도 일대는 은밀하게 움직이는 각 진영의 간자(間者)들로 분주했다.

신의군은 무신 집정자들의 사병처럼 부려지기는 했으나 그 지휘관 배중손은 단순한 무장이 아니었다. 그는 강화도에서의 대몽항전이 언제까지나 지속될 수 없다는 것을 알았다. 그는 몽골군의 압도적인 전투력과 잔혹함을 충분히 알고 있었다. 강화에 스스로 갇혀 있으면서 몽골을 감당해낼 것으로 믿고 있는 고관대작들과 무신 집정자들의 어리석음도 모르지 않았다. 그 자신, 당장의 무신 집정자가 언제 누구의 칼에 맞아 비명횡사할지, 그 역시 언제 누구의 손에 목숨이 달아날지 모른다는 불안과 공포의 감각에 시달리고 있었다.

그는 그를 믿고 따르는 야별초지유(夜別抄指諭)들과 그들의 앞날에 대해 숙고를 거듭했다. 무엇보다 의미 없이 죽음을 맞을 수는 없었다. 그것은 그렇다고, 모두 다 동의했다. 머지않은 시기에 왕실은 개경으로 돌아갈 것이고, 그렇게 되면 끊임없이 계속되었던 무신집권자들의 정변에 동원되었고 무엇보다 몽골에 대적했던 자신들의 목숨은 결코 보장받지 못할 것이었다. 설마 하고 주저하는 자들에게 냉엄한 현실을 자주 일깨워주는 것, 불안과 공포의 감각을 깨우쳐주는 것이 배중손이 하는 일이었다. 그는 대비를 위해 고심을 거듭하기만 한 게 아니라 은밀하게 행동에 옮겼다.

그러나 삼별초군이 반기를 들었을 때, 삼별초에 의해 조정의 최고책임자인 승선에 임명된 정문감은 역적과 부귀를 누리느니 차라리 죽어 몸을 깨끗이 하겠다고 물에 몸을 던져 죽는다. 곧이어 그의 아내도 물속으로 뛰어들어 죽는다. 문관들만 합류를 거부한 것은 아니었다. 장군 현문혁 같은 이가 대표적이다. 그는 가족을 배에 태워 강화를 벗어나다가 뒤쫓는 삼별초군의 화살에 팔을 맞고 배 안에 쓰러진다. 그의 처는 쥐새끼 같은 자들에게 욕을 당할 수 없다면서 두 딸과 함께 물에 뛰어들어 목숨을 버린다.

다만 공사의 노비들은 개경으로 다시 돌아가서 죽을 때까지, 아니 자식의 대를 이어가며 노비의 삶을 살고 싶지는 않았다. 그래서 삼별초가 봉기했을 때 그들의 대부분은 반군에 스스로 합류했다. 노비 문서를 불사르며 환호했다. 환관의 후손이어서 노비가 되고 혀를 잘렸던 윤돈신 같은 처지의 천민들에게는 새로운 길일 수 있었다. 그는 면천(免賤) 이후 별장의 자리까지 올랐다. 후일 삼별초가 진도에서 항전을 거듭하고 있을 때 개경의 관노 숭겸과 공덕은 노비들을 모아 개경의 다루가치와 관리들 수십 명을 죽이고 진도의 삼별초군에 합류를 시도하다 꿈을 이루지 못한 채 처참한 죽음을 맞기도 했다.

그러나 고관대작들은 한 번도 걸어보지 않은 모험을 감수해야 할 까닭이 없었다. 삼별초군에 합류하는 것은 나라에 대한 반역이었고 무엇보다 이후의 삶을 보장받지 못할 엄청난 도박이었다. 그러하니 그들이 기를 쓰고 개경을 향해 걸음을 재촉했던 것을 굳이 탓할 일도 아니다. 그런 소식들을 숨 가쁘게 전해 들으며 배중손은 그들의 앞날이 밝기만 하지는 않을 거라는 예감을 하지만 다른 선택지는 없었다. 허무하게 죽음을 선택할 수는 없는 노릇이었다. 물론 할 수 있는 것과 하고 싶은 것이 다르다는 것을 모르지는 않았으나, 하지 않고서야 그것을 또 명료하게 알 수 있는 것도 아니었다.

그는 어느 곳에 교두보를 확보할 것인가 거듭 숙고했다. 제주를 먼저 눈여겨보기는 했으나 몽골에 항복한 개경 정부를 부정하고 새로운 왕국을 선포하기 위해서는 내륙에서 너무 멀리 가서는 곤란했다. 진도를 근거지로 삼고자 했던 까닭이었다. 그것은 갇히기보다는 열어가기 위한 선택이었다. 배중손의 삼별초군 이전에 무신 집정자들이 몽골에 맞서면서 구상했던 해도입보책이기도 했다.

삼별초군이 개경 정부에 반기를 들기 이전 무렵 원종은 몽골에 들어갔다가 개경으로 돌아오는 길이었다. 원의 세조, 쿠빌라이로부터 고려 왕으로 책봉받고 개경으로 돌아왔으나 김준을 제거하고 최고 집정자의 자리에 오른 임연은 1269년 6월 원종을 폐위시키고 그의 동생 안경궁 창을 왕으로 옹립한다. 온은 원종의 육촌이었으므로 당장에는 원종을 대신할 순서가 아니었던 것이다. 그러나 삼별초 진영은 개경 왕실의 인척들의 명부를 만들어두고 만약의 사태에 대비하였다. 그런 까닭에 온은 그의 아들 환과 함께 삼별초 군영에 사실상 감금된 상태로 있어야 했다.

원종은 몽골의 힘을 빌려 폐위 5개월 만인 11월 다시 왕의 자리에 오른다. 그해 12월에는 다시 몽골에 입조하기 위해 개경을 비운 사이 임연은 병사하고 그의 아들 임유무가 최고 집정자의 자리를 계승했으나 원종이 몽골을 출발하여 개경에 당도하기 전 5월 14일 삼별초군의 기습을 받아 목숨을 잃는다. 임유무를 송송례가 죽일 때 앞장섰던 삼별초 부대의 지휘관이 신의군 대장 배중손이다. 원종은 일련의 권력투쟁 과정을 거쳐 왕의 권위를 점차 회복해나간다.

그러나 그것은 사실상 몽골의 의도가 원종을 통해 관철된 것에 불과하다. 저들은 동아시아 제국의 확장과 지배를 효과적으로 달성하기 위한 책략으로 고려 정부를 선택한 것이고, 개경 정부는 당장의 생존을 도모하기 위해 그 선택에 응할 수밖에 없었다. 왕과 귀족 문신들은 물론이었고 농민이나 노비를 비롯한 천민들조차 나라가 없다는 것을 상상하지 못했다. 그것은 무질서요 혼란이었기 때문이다. 크거나 작거나 자신이 가진 것을 잃거나 빼앗길 염려가 있었다. 그런 까닭에 왕실과 귀족들의 무능과 부패와 탐욕에 대해서 비판했던 이들 거의 전부가 왕을 중심으로 하나가 되었다. 왕은 곧 나라였으므로 왕을 위협하는 몽골은 물론이고, 반역의 깃발을 든 삼별초의 무리도 이겨내야 할 적이 된다. 원종은 이제 지켜내야 할 정의의 상징이 된다. 왕이 곧 국가이기도 했다.

처음에 징기즈 칸이 몽골의 국경을 넘어 다른 지역을 공격하면서 점령 지역마다 초토화했다. 모든 곳이 불타서 재가 되고 모든 사람이 죽음을 피하지 못했다. 그들은 그렇게 해체한 점령지에 몽골인들을 이주시키고 목초를 키워 말을 방목하고자 했다. 그러나 그의 장수 야율초재는 비옥한 땅과 솜씨 있는 주민들의 가치를 강조하면서 주민을 보호하여 세금을 부과한다면 파괴하여 살육하는 것보다 훨씬 이익이라는 것을 역설한다. 이후에도 몽골의 전략이 크게 달라졌다고 보기는 어려우나 그의 손자 쿠빌라이는 특히 고려에 대해 절멸 대신 간섭의 방식을 채택한다. 원종은 그렇게 선택된 자에 불과했으나 어쨌든 한 나라의 왕이었고 점차 지배력을 확장해나가고 있었다.

개경 정부에 반기를 들고 고려의 정통성이 자신들에게 있다고 선포한 삼별초 역시 살아남는 것이 가장 중요했다. 누구라도 살아남기 위해 무언가 선택을 해야 하고, 그 선택에는 명분을 부여하게 마련이다. 그래야 죽거나 살아남아도 욕됨이 덜할 테니까.

승화후 온

진도 정부의 실질적 지도자인 배중손은 그렇다 치고 왕으로 불리는 온은 어땠을까. 그는 늦게 본 아직 어린 아들을 돌보는 것만이 거의 유일한 낙이었다. 정사에 그가 개입할 여지는 애초에 없었고 그 역시 뜻이 없었으므로 할 수 있는 데까지 목숨을 온전하게 보전하는 것, 아들과 함께 어떻게든 살아남는 것이 그가 버틸 수 있는 유일한 힘이었다. 윤돈신은 그렇게 보았다. 견디다 보면 다른 삶이 가능할지도 모른다는 그의 바람은 그러나 항상 위태로웠다.

진도는 일거에 몰려든 삼별초 부대와 그들에게 합세한 천민들과 그들에게 붙들려온 귀족 가문 가족들의 바람과 마음이 같지 않은 곳이기도 했다. 본디부터 진도에 살았던 군민들은 느닷없이 포구에 닻을 내린 1천여 척의 배와 꾸역꾸역 내리는 무수한 사람들을 보고 황망함과 두려움을 느끼며 대문을 걸어 잠근다. 별수 없이 그들을 맞아야 했고 더러는 손을 맞잡기도 했을 것이나 그것을 저들의 본래 마음이라고 해서는 안 된다.

왕인 온은 본디부터 진도에 살았던 군민들의 적대감이 자신에게 향하는 것을 모르지 않는다. 그 자신 바깥출입을 하지 않고 주어진 내실에 갇혀 지낸다. 아들의 불안한 표정과 성장을 머문 것처럼 보이는 모습에서 자신의 처지를 새삼 깨닫는다. 그의 아들은 왕자이기는 한 것인가. 그의 아들은 장차 왕위를 이어갈 수 있을 것인가, 아니 살아남기는 할 것인가, 그는 쓸쓸하게 웃는다. 곁에 둔 여인, 강화에서부터 곁에 있었던 정화가 아니었다면 삶의 온기 모두를 진즉에 잃고 말았을 것이라고 온은 생각하는 것이다. 그러던 온은 어느 날, 마음속에 깊숙하게 숨겨두었던 일을 결행하고 만다. 궁을 탈출하기로 한 것이다.

왕으로 추대된 승화후 온이 왕실을 벗어난 사건은 삼별초 지도부에 일대 충격을 불러왔다. 궁인 정화를 가까이에서 호위하는 임무를 맡았던 윤돈신은 벼락을 맞은 기분이었다. 온을 감시하는 별감이 따로 있었으나 정화는 늘 온의 곁에 있었고, 결국 윤돈신은 온을 감시하는 임무까지 맡은 것이나 다름없었다.

부대엔 비상이 걸렸다. 삼별초 진도 정부의 사실상의 인질이나 다름없었던 승화후 온은 강화의 삼별초군이 개경 정부에 반기를 들기로 결심하던 날 일주일 전에 이미 삼별초 부대의 핵심인 신의군 군영에 붙들려 있었다. 진도로 내려오고 왕으로 불리기는 했으나 온전하게 그의 뜻은 아니었으므로 온은 자신의 뜻을 개경의 왕실에 알리는 것이 중요하다고 생각했다. 역적의 무리에게 왕으로 추대되었을 뿐 그 자신의 뜻이 아니라는 것을 알린다 하더라도 그는 이미 역적의 우두머리가 되어 있었다. 그래도 그것은 자신의 의지와 무관하다는 것을 알리고 싶었다. 자신은 다만 역적들에 붙들린 포로라고 그는 생각했다. 그래야 아들의 목숨이라도 보전할 수 있을 것이라고 믿었다.

진도를 포위하고 있는 김방경 장군의 진영과 어떻게든 선을 놓으려던 온은 어느 날 군영에서 작은 여흥이 있던 날 밤 궁을 탈출하기로 한다. 술이 과한 탓에 바닷바람을 잠시 쐬어야겠다는 온의 청을 거절하기가 쉽지 않았던 호위대 별감이 방심하는 사이 온은 삼별초의 시야에서 사라진 것이다. 승려 혜정은 그 모습을 멀리서 지켜보았으나 묵묵히 염주의 구슬을 돌려가며 평온을 기원할 뿐이었다.

군영에 비상이 걸리고 온을 찾아 다시 왕의 처소로 들이기는 했으나 배중손을 비롯한 삼별초 지도부는 이 작은 소동이 불길한 징조가 결코 아니라는 것을 스스로 납득하기가 쉽지 않았다. 온을 가까이에서 감시하던 호위 별감과 군관 둘의 목이 소문 없이 잘려 나갔다. 윤돈신은 본디 그의 임무가 정화를 가까이서 살피는 것이었다 하여 문책을 받지 않았다. 배중손의 배려 덕분이기도 했다.

윤돈신

경상 지역에서 체포된 윤돈신은 자진하려 했으나 깨물어 죽을 혀도 남아 있지 않았으므로 산 채로 피부가 벗겨지는 고문을 받으며 몇 번이나 실신을 거듭했다. 그러나 밀서는 이정빈이 지닌 채 몸을 피했으므로 그에게서 얻을 수 있는 것은 아무것도 없었다. 그는 다만 진도 삼별초 군영을 탈출한 자로만 기록되었다. 그는 천신만고 끝에 옥에서 탈출할 수 있었다. 그의 처지를 딱하게 여긴 경상 지역 고려 지방군 하급 군관의 배려 덕분이었다. 진도 삼별초가 무너진 후였다.

궁인 정화는 어찌 되었을 것인가. 그것만이 근심이었다. 고려 왕 원종을 모시다 진도 삼별초의 허울뿐인 왕인 온을 모시던 정화. 그 정화를 지키던 윤돈신. 윤돈신을 각별하게 여겼던 배중손 장군. 붉은 꽃이 허무하게 지듯 그 밤 그렇게 모두 이승을 떠났는가. 윤돈신은 눈물을 뿌리며 진도를 향했다. 떠날 때는 가을이었는데 다시 돌아갈 때는 봄이었다. 그러나 고려의 봄은 아직 어둠이었다.

삼별초

1271년 5월 15일 밤, 여몽연합부대의 삼별초 진도 본영에 대한 대규모의 공격이 시작된다. 1년여 동안 준비한 군선 100여 척과 6천여 명의 군사를 동원한 대대적인 토벌 작전이었다. 중군은 총사령관 김방경과 몽골군의 흔도, 우군은 대장군 김석과 만호 우군, 좌군은 문제의 인물, 홍다구가 지휘했다.

원종은 무신 권력자 임연을 제거할 때 홍다구의 도움을 받았다. 홍다구는 몽골군의 포로로 잡혔던 고려 사람들로 구성된 몽골군 별동대의 지휘관으로 고려 땅을 밟았다. 그의 동생들, 홍군상과 홍바트루는 고려에 대한 애정이 있었으나 홍다구는 전혀 다른 인물이었다. 일본을 정벌하기 위한 준비로 대규모의 함선을 만드는데 백성들을 동원하는 일을 맡았던 홍바트루는 고려 백성들의 힘든 노역을 지켜보면서 자주 괴로움을 토로하곤 했다. 그러나 오로지 몽골 황실의 환심과 고려 조정에 대한 통제권을 확보하려는 야망으로 가득 찬 홍다구는 고려 백성들과 삼별초군에게는 더없는 재앙이었다.

벽파진은 고려군의 진지가 내려다보이는 위치에 있었다. 그러나 나주와 전주 지역을 공략하려다 결국 실패하고 진도로 쫓기다시피 돌아온 삼별초군은 개경에서 내려온 토벌대가 하루가 다르게 그들의 전력을 보강하고 있어도 지켜보기만 했다. 방비를 게을리한 것은 물론 아니었다. 동요를 보이는 자들은 엄히 문초하여 기강을 잡고, 전투에서 공을 세운 자에게는 적절한 상을 주어 격려했다. 강화에서 데려온 아녀자들을 각별하게 대하도록 자주 훈령을 내렸다. 진도는 물론 인근의 백성들을 함부로 대하지 못하도록 단속했다. 양인의 여인을 욕보인 군사 두엇은 목을 베어 경계했다. 먹을 것을 치우치지 않게 나누었다.

그러나 진도의 삼별초군은 너무나 쉽게 무너진다. 야간 기습 작전은 주요 포구마다 군사들을 분산 배치하고 있던 삼별초군 진영을 순식간에 혼란에 빠트린다. 홍다구가 이끄는 몽골군의 별동대가 벽파진 동남쪽 장항으로 기습 상륙하여 포구에 불을 지르자 수비군은 우왕좌왕하면서 무너지고 만다. 저들은 화포까지 동원했다.

고려군 토벌대 사령관 김방경은 한때 위험에 처하기도 한다. 삼별초군은 언제나 적의 우두머리를 집중공격해서 전열을 흩트려 놓는 전술을 구사했다. 김방경이 타고 있는 사령함선을 울돌목으로 밀어 넣은 삼별초군에 쫓겨 김방경의 함선은 본대와 떨어져 진도 포구로 들어가고 만다. 자칫 죽음을 맞을 수도 있는 위기였으나 전장에서 오랜 세월을 보낸 노장 김방경은 끝까지 분투하면서 해안에 이른다. 그때 궁수들을 가득 태운 중형함선을 몰고 온 삼별초 출신 양동무의 활약으로 김방경은 목숨을 구한다. 개경 정부군의 대부분은 과거 삼별초 부대원이었다. 몽골군과 싸우면서 전술을 익히고 날이 갈수록 정예군사가 되어가던 그들이 이제 정부군과 반정군으로 갈려 서로를 죽이는 데 동원되고 있었다.

몽골군 별동대 사령관인 홍다구는 사로잡힌 삼별초군의 병사들은 물론 그들에게 가담하여 있던 이들 거의 모두를 살육한다. 여인들은 눈에 보이는 대로 붙잡아 마치 전리품처럼 몽골군 병사들에게 나누어준다. 고려 여인들은 도처에서 몽골군에게 짓밟히고 있었다. 몽골군은 굶주린 이리 떼처럼 고려 여인들을 겁간했다. 그들은 젊고 고운 여인들을 사로잡느라 혈안이었다. 여인들은 사로잡힌 뒤 능욕을 당하거나 그것에 저항하다 죽임을 당했다. 몽골군은 아이가 있는 여자라고 해서 봐주지 않았다. 몽골군은 이들 여인을 끌고 가면서 아이들을 죽이거나 내팽개치는 만행을 서슴없이 저질렀다. 포개진 시신들 사이로 젖먹이들이 어미를 찾아 기어다니며 울고 있는 모습들은 몽골군들마저 외면하게 만들었다.

홍다구는 진도 삼별초 진영에 대한 총공격을 개시하면서 그의 부관들에게 승화후 온의 곁에서 그를 돌보던 궁인 정화를 사로잡으라는 명령을 내린다. 정화는 원종이 왕자였을 때부터 곁에서 그를 보살폈고, 배중손 장군이 진도로 내려올 때 왕으로 추대된 온의 곁을 지켰다.

정화

정화는 지체 낮은 궁인이었다. 그러나 그녀는 본디 몰락한 문신의 딸이어서 함부로 대하기 어려운 기품을 지녔고, 자신이 감당해야 할 일을 빈틈없이 해내면서도 말수가 적어서 강화에 있을 때 왕 원종도, 진도의 왕 온도 그녀를 가까이에 두고 아끼고 의지했다. 홍다구는 정화가 비록 궁녀에 불과했으나 고려 왕이 아끼는 여인이라는 사실에 더러운 욕심을 갖고 있었다. 왕의 여인을 차지한다는 생각으로 그는 흥분을 주체하지 못했다. 그러나 정화는 홍다구에게 붙들리기 전에 스스로 목숨을 끊는다. 더 이상 욕된 삶을 이어가고 싶지 않았다. 혀를 깨물고 더해서 목을 맨 채 죽어 있는 정화를 발견한 홍다구는 분을 이기지 못하고 시신을 난도질한 다음 불을 지른다.

김방경 부대에 잡힌 포로들 가운데는 삼별초군의 지휘부에 해당하는 이들 수십 명만이 죽음을 면치 못하지만, 자신의 전과를 과시하기 위한 야심으로 홍다구는 그의 진영에 붙잡힌 이들 모두를 살해했다. 칼에 맞아 팔이 덜렁거리고 목에 박힌 화살로 피를 꾸역꾸역 토해내고 있는 병사들도 예외 없이 기다란 창으로 찔러 목숨을 끊었다. 불화살에 맞아 시커멓게 타들어가고 있는 몸이 뜨겁다고 울부짖는 병사들도, 아비규환의 틈바구니에서 어느 쪽으로부터 날아온 화살인지 알 수 없으나 고슴도치처럼 온몸에 화살이 박혀 도무지 감각이 없다고, 몸을 움직일 수 없다고 호소하는 백성들도 모조리 도륙을 당했다.

삼별초군에 의해 왕으로 추대되었던 승화후 온 역시 무참하게 살해된다. 원종은 토벌대 사령관인 김방경에게 은밀하게 일러 온의 목숨만은 부지하게 했으나 온은 불행하게도 홍다구에게 잡히고 만 것이다. 온은 아들 환과 함께 홍다구에게 무참하게 살해당하고 시신은 훼손된다. 온의 목은 소금이 뿌려진 나무 상자에 담겨 몽골군의 본진으로 전달된다. 상대 진영을 오가며 밀사 역할을 했던 승려 혜정도 비참하게 죽는다. 홍다구는 붙잡혀 온 혜정의 가슴 깊숙이 창을 찔러 넣고 그가 신음을 뱉으며 고통스럽게 천천히 죽어가는 것을 즐기듯이 지켜보며 조롱했다. "네가 믿는다는 그 부처에게 극락의 길을 열어달라고 사정해보거라."

진도 삼별초 정부의 실질적 지도자였던 배중손은 남도진성으로 피신하여 끝까지 싸웠으나 그 역시 최후를 맞는다. 그는 할 수 있는 것과 하고 싶은 것이 다르다는 것을 진도에 내려와서야 깨닫는다. 선택은 한순간이지만 그 결과는 남은 내내 지속한다는 것을 모르지 않았다. 그러나 이제 모든 것이 폐허로 변해가고 있었다.

그가 애초부터 새로운 나라를 세우겠다고 생각했던 것은 아니었다. 최소한 몽골군에게 나라가 짓밟히는 것만은 막아야 한다는 일념과 무신 집정자들의 권력욕 때문에 나라가 어지러워지는 것을 한탄했을 뿐이었다. 입만 살아 있는 조정의 관료들 역시 할 수 있다면 척결하고 싶었다.

그러나 해야 하는 것과 할 수 있는 것은 전혀 다른 일이라는 것을 그는 죽어가면서 깨닫는다. 한번 시작했던 일을 그만둘 수는 없는 일이어서, 무엇보다 살고자 죽였으나 이제 자신이 죽음에 이르렀구나 하는 생각은 스스로 지나치게 초라한 느낌에 사로잡히게 한다. 자신을 따랐던 많은 군사들의 생명을 지켜주지 못하고 그들이 울부짖으며 죽어가는 것을 보고 있는 자신의 무력함이 욕되고도 욕되었다.

그럼에도 불구하고 그는 끝나는 것은 없다고, 사라지는 것은 없다고 믿기로 한다. 대륙을 정복해가고 있는 몽골군에 맞서 싸웠던 지난 시간과 왕실의 무능에 저항했던 자신들의 대의는 어떤 형태로든 기억되고 기록될 것을 믿었다. 그들 1만여 명에 가까운 군사들의 거친 호흡이 마침내 끊기고 한없이 무력해진 육체가 지금은 멸하여 사라지겠으나 오랜 시간이 지난 후 그들 육체에 깃들었던, 굽히지 않고자 했던 정신만은 살아남을 것이라고 그는 믿었다.

삼별초 총관 배중손은 그렇게 죽었다. 산비탈을 거칠게 달려 내려온 멧돼지들처럼, 마른하늘을 뚫고 한꺼번에 쏟아져 내린 우박들처럼 여몽연합부대는 진도 삼별초군을 사납게 덮쳤다. 두 눈 가득 눈물이 고여 하늘의 빛을 온전하게 바라볼 수 없는 삼별초 지도자 배중손의 가슴 깊숙이 토벌군의 날카로운 창이 들어와 뼈를 가르며 심장을 찔렀다. 그의 코에 피비린내 대신 흙냄새가 스며들었다. 생명의 혼을 간직한 흙냄새를 그는 깊은숨으로 들이마시며 눈을 감았다.

윤돈신

뒤늦게 진도로 달려온 윤돈신은 다만 폐허를 보았을 뿐이다. 삼별초가 무너지던 날, 전라도 추토사 김방경 부대에 붙잡힌 이들은 후일 방면되기도 하고 개경 정부의 군대에 귀속되기도 하였으나 몽골 군대에 포로가 된 이들은 그들의 노예가 되어야 했다. 특히 홍다구가 이끈 별동대에 잡힌 이들은 대부분 목숨을 잃었다. 그래도 토벌대에 사로잡힌 포로가 1만여 명이나 되었고, 쌀 4천 석이 개경 정부에 귀속되었다. 진도 삼별초 정부의 기세가 만만치 않았음을 보여준다.

진도 삼별초가 처참하게 무너진 날 이후 진도는 오랫동안 잡초만 무성한 텅 빈 섬이 되고 만다. 백성들은 목숨을 부지하기 위해 산속을 헤매고 계곡으로 숨어들고, 그러다가 잡힌 자는 꼼짝없이 살육을 당하고, 강간을 당하고, 포로로 잡혀갔다. 얼굴에 검댕을 칠해 추한 모습으로 꾸민 아낙들, 하늘을 향해 절망적인 통곡을 하거나 비명을 지르며 내달리는 여인네들, 일부러 절뚝거리거나 입이 비뚤어진 것처럼 행세했던 어린아이들도 죽음을 면치 못했다. 윤돈신은 그 폐허 속에서 통곡했다. 정화의 흔적은 없었다.

감히 내색조차 하지 못했으나 마음속에 묻어둔 여인이었다.

몽골군의 길잡이였던 홍다구는 잔혹했다. 살아 있는 모든 것이 죽임을 당하고 포로로 붙잡혀 갔으며 섬 전체가 몇 날 며칠 동안 불에 타 재만 남았다. 개 짖는 소리, 닭 울음소리도 사라진 곳에는 까마귀 떼가 몰려왔다가 곧 물러갔다. 그들의 허기를 채울 만한 것이 조금도 남아 있지 않았기 때문이다.

토벌대를 지휘했던 김방경은 눈 뜨고 볼 수 없는 참상에 경악을 금치 못했으나 그는 개경으로 소환됐던 전력이 있었다. 그가 할 수 있는 최선은 휘하의 관군들에게 포로로 잡힌 자들에게 지나치게 가혹하게 대하지 않도록 엄명을 내리는 것뿐이었다. 그에 앞서 전라도 토벌사였던 신사전은 삼별초를 토벌할 생각조차 하지 않은 인물이었다.

어떤 사람이 그 까닭을 묻자 신사전은 "내가 이미 재상이 되었는데 적을 깨트리는 데 성공한다고 다시 또 무엇을 하겠는가?" 하고 답했다는 말을 전해 들어 알고 있었다. 그러나 저 말에는 삼별초를 대하는 고려 사람들의 일반적인 정서가 들어 있을 거라고 김방경은 속으로 생각했었다. 그만큼 몽골군에 대한 백성들의 반감이 컸다. 몽골군과 합세하여 삼별초군과 그에 가담했던 사람들을 가혹하게 처리한다면 그가 아무리 조정의 신임을 받는다 하더라도 결국 백성들의 지탄을 받을 것이라고 생각했다. 백성이 없는 나라, 백성들로부터 외면받는 나라는 있을 수 없는 일이었다. 두려운 일이었다.

남은 군사들을 수습한 진도 삼별초군의 장군 김통정은 제주로 이동하여 현재에 상륙한다. 진도 정부가 무너진다면 물러설 곳은 제주밖에 없었다. 남해도까지는 내륙을 지나야 했으므로 안전한 선택이 아니었다. 진도가 위험에 빠질 때 이후를 그는 상상했다. 무인으로 잔뼈가 굵었으나 김통정은 무수히 치러낸 전투를 통해 갇히면 마침내 소멸을 견디기 어렵다는 것을 알고 있었다. 그는 여몽연합부대가 밀고 들어올 때 일부 부대는 적과 맞서 싸우게 했으나 정 막아내기 어렵겠거든 선박들을 숨겨둔 곳으로 이동하라고 은밀히 일러두었다. 삼별초군의 남은 함선이 30여 척에 불과하다는 소문은 정확한 사실이 아니었다. 백여 척의 함선과 어선 등에 분승한 삼별초 잔여 세력은 김통정의 지휘에 따라 제주로 향한다.

제주에는 고여림과 김덕진이 이끄는 1천여 명의 관군을 전멸시킨 이문경 장군이 그들을 맞는다. 이문경 장군은 굳은 얼굴을 펴지 못한다. 표정이 마음을 감추지 못한 때문이었다. 이제 그들은 항파두리에 보다 튼튼한 성벽을 쌓고 최후의 일전을 대비한다. 김통정을 지도자로 한 제주 삼별초군은 항파두리 안에서 앞날을 모색하기 시작한다. 평화는 오는 게 아니라 만들어가야 한다는 것을, 무엇보다 우리 모두의 단결된 힘으로 그것이 가능하다는 믿음은 그러나 위태하기만 하다. 진도에서 너무나 많은 병력을 잃었다. 몰아치는 비바람에 순식간에 떨어지는 붉은 꽃이 그처럼 참혹했을까.

한편 개경의 조정에서는 진도의 삼별초가 제주로 거점을 옮길 것에 대비한다. 영암부사 김덕진에게 명을 내려 제주로 보낸다. 진도와 영암은 먼 거리가 아니었다. 강화도에서 목포까지를 서해로 보고 목포 이남을 남해로 본다면 영암은 남해가 시작되는 곳이다. 영암과 해남의 서쪽을 관통하는 이 경로는 영암의 서쪽 길목을 가로질러 해남의 북서쪽 해안을 돌아 진도의 길목인 울돌목까지 이어진다. 개경 조정의 명을 받은 김덕진은 어렵게 끌어모은 2백여 병사를 재촉하여 제주에 입도한다. 그들을 먹일 식량 따위는 애초에 준비되지 않았다. 평소에 충분한 군사 훈련을 해둔 상태도 아니었다. 개경의 중앙군을 제외한 지방군 대부분의 실정이 그러했다. 병사들 가운데는 꽁무니를 빼려는 자들도 적지 않았다.

몽골군의 잔혹함에 대해서도 기가 질렸지만 그들에 대항해 싸운 삼별초 군대의 위세에 대해서도 들어 알고 있던 그들은 괜한 싸움에 나선다는 불안과 불만을 마음속에 간직한 채 제주에 발을 내딛은 것이다. 그들의 생각에는 삼별초군이 몽골군에 대항한다는 의미가 무엇을 위한 것인지도 불분명했다.

전해 듣기에 무신 집권 세력은 강화도 안에서 성 밖으로 나오지 않은 채 호화로운 집들을 짓고 수십 차례의 연회를 열었다고 했다. 강화로 천도를 했으니 궁궐을 지어야 했고 별궁과 함께 관아도 지어야 했고 여러 공공시설은 물론 귀족 관리들의 집들도 새로 지어야 했다. 특히 무신 집정자 최우의 집은 지나치게 넓고 호사스러웠다. 그의 집을 짓기 위해 개경으로부터 군대를 동원하여 고급스러운 목재를 날랐고, 그 정원을 꾸미기 위해 며칠씩이나 걸려 안양산에서 송백을 채취하여 운송했다. 그러다가 동사자가 생겨 목숨을 잃기도 했다.

성 밖에서는 몽골 군대가 백성들을 유린하고 있었으나 저들은 다만 성안만을 지키기에 여념이 없었다. 뿐만 아니라 백성들의 피와 땀을 긁어모아 개경에서의 삶과 다를 것 없는 사치를 누렸던 것이다. 왕실과 무신 집정자들을 호위하는 데 동원된 병사들이 호의호식한 건 물론 아니었다. 그들은 무신 집정자들 사이의 반목과 서로를 베는 싸움에 동원되어 아까운 목숨을 잃었다. 몽골군과의 전투에서도 스러져갔다. 예전보다 나아진 게 있다면 그들의 칼을 필요로 하는 시기였다는 것, 그래서 문관들에게 까닭 없이 당하는 무시와 조롱이 현저하게 줄었다는 것 정도였다. 그러나 백성들에게는 칼을 든 자들은 모두 같은 패거리로 치부되었다.

물론 그런 풍문들을 그대로 믿을 수 있는 것은 아니었다. 그런 말들이 사람들의 입과 귀와 또 입을 통해 먼 남도 지방까지 흘러 들어 올 때 그런 말들은 고려 사람들의 마음을 흩트려놓기 위한 몽골의 간계일 수도, 삼별초군을 멀리하도록 하기 위한 개경 정부의 심리전일 수도 있었다. 내 눈으로 직접 보지 않고 내 귀로 직접 듣지 않은 일을 사실이라고 믿기는 어려운 일이었다. 그러나 고려는 기나긴 전쟁 중이었다.

전쟁 중에 떠도는 말들은 날카로운 칼날이 되어 서로를 베었다. 전쟁과 같은 상황에서 사람들은 올바른 선택을 하는 게 가능하지 않다. 그것을 몰라서가 아니었다. 그러하니 무엇보다 그런 상황이 다시 오지 않도록 하는 것이 중요한 일이 된다. 그러나 그것은 백성들의 몫이 아니다. 백성들이 보기에 전쟁을 일으켜 고려 군민들을 살육하고 삶의 터전을 불태워 폐허로 만들고 종내 노예로 끌고 간 몽골 놈들이 악랄하게 나쁜 놈들이지만, 백성들을 지키지 못하고 죽음으로 내몬 왕과 조정은 더욱 못나고 가장 나쁜 놈들이었다.

제주 사람들은 육지에서 온 관군에게 호의적이지 않았다. 일부 주민들은 삼별초 진지로 달아나기도 했다. 그래도 그들은 관군이었고 관군은 국가였고 법이었으므로 사람들은 그들의 말을 듣지 않을 도리가 없었다. 밥을 내오고 잠잘 곳을 마련하고 군비를 마련하기 위한 비용을 바치고, 더러는 젊은 여자들을 내오라는 요구를 들어주어야 했다.

김방경

영암부사 김덕진은 그 모든 것이 끔찍했다. 이 악몽이 빨리 끝나기만을 바랐다. 어사로 명을 받고 몇 해 동안 지방을 돌며 백성들의 삶에 가해지는 벼슬아치들의 가혹한 착취를 보고 들으며 그는 한탄했다. 높고 낮음에 상관없이 권력을 가진 자들은 온갖 방법으로 자신들의 토지를 늘려갔다. 백성들에게서 갖은 명목으로 조세를 거두어갔다. 몽골이 고려를 침략하던 고종 18년(1231)부터 삼별초 봉기를 진압하던 시기인 원종 4년(1262)까지 곳곳에 역병이 유행했다.

김덕진은 굶주림과 역병으로 인해 길거리에 시체가 서로 베고 누워 있는 참상도 목도했다. 장례 치를 비용이 없는 빈민들은 주검을 방치했다. 그것은 역병의 감염을 불러오는 악순환으로 이어졌다. 그러나 조정에서 구휼미를 배분할 때 실제 도움이 필요한 빈민에게가 아니라 7품은 7섬, 8품은 6섬, 9품은 5섬 등으로 권력의 크기에 따라 분배되었듯이 약재의 분배를 포함한 의료 혜택도 실제 도움이 필요한 백성들에게는 거의 돌아가지 못했다. 이제는 몽골군의 거듭되는 침략으로 국토가 결딴나고 백성들이 절멸의 상태로 빠져들고 있었다. 게다가 개경 정부에 반기를 든 삼별초군의 흥기로 혼란이 거듭되고 있었다. 김덕진은 휘하 군사들의 못된 행위를 그러나 눈감을 수밖에 없었다. 전쟁 중이었고 병사들은 언제 죽을지 알 수 없는 몸이었다. 까닭 없이 백성들의 목숨을 해하지만 않는다면 모른 체해야 했다.

그의 병사들은 제주 사람들을 재촉해 삼별초군과의 싸움에 대비하는 일을 하면서도 그것이 반드시 해야 할 자신들의 일이라고 여기지는 않았다. 더구나 제주 사람들의 비협조로 삼별초군이 제주 서쪽으로 상륙한 사실을 미처 알지 못했다. 때문에 그들은 성곽을 쌓는 대신 평지에 지형을 구축해야 했다.

그러는 사이 김덕진은 육지에서의 첩보들을 전해 들었다. 조만간 진도에서 흩어진 삼별초의 잔당들이 제주로 몰려들 것이었다. 개경 정부에서는 고여림 장군을 진도 삼별초의 토벌에 나서게 했다. 그의 부대원 상당수가 예전엔 삼별초군이었다. 고려 상비군, 그것도 정예군의 주력이 삼별초 부대였으니 그것은 몽골군의 침략에 따른 불가피한 고려의 비극이었다. 혹은 그런 부대를 적으로 돌린 고려조정의 무능함 탓이라고도 할 수 있었다.

고여림은 진도에서 다시 제주로 파견되고 김방경이 진도 삼별초 토벌의 총사령관으로 내려온다. 그러나 대치가 길어지고 있었다. 진도의 용장산성은 요새였다. 적은 주변에도 있었지만 내부에도 있었다. 개경 정부에서는 토벌에 적극 나서지 않는 김방경이 적과 내통하고 있다는 무고를 접수하고, 그는 개경으로 불려간다. 그때 몽골연합군의 몽골 장수는 아해였으나 나중에 흔도로 교체된다. 진도 삼별초 토벌의 책임은 김방경에게 있었다.

김방경은 용장산성에 똬리를 틀고 앉아 있는 배중손을 누구보다 잘 알았다. 그가 20여 년 전에 서북면 병마사로 있으면서 국경 너머 몽골군과 두어 차례 소규모 전투를 치를 때 배중손은 몽골군에 포로로 붙잡혀 있던 상태였다.

위도는 지금의 평안북도 안주에 있는 작은 섬으로 청천강 하구에 있다. 김방경이 위도에 주둔할 당시 위도에는 샘이나 우물이 없어서 식수를 구하기 위해 백성들이 육지로 나갔다가 몽골군에 잡혀가는 일이 많았다. 그렇게 몽골군에 붙들려간 아녀자들을 구하러 일단의 청년들이 몽골군의 진영을 넘보다가 오히려 붙잡혀 죽거나 포로가 되었는데, 그중 한 젊은이가 배중손이었다.

위도의 고려 백성들은 그들의 삶을 위협하던 몽골군을 두려워하고 그들에 대해 적개심을 가졌다. 한편으로는 주변 산성에 살던 이들을 강제로 섬으로 이주시켜 몽골의 침입에 대비하는 해도입보를 시행하는 과정에서 고려 관군들에 대한 원성을 갖게 된다. 해보입보를 강제하는 과정에서 여러 곳에서 백성들이 희생되고 극심한 반발을 불러왔다.

장군 송길유는 청주 백성들을 해도로 옮기도록 하는 과정에서 백성들이 재물 때문에 옮기기를 꺼려할 것을 염려하여 공사의 재물을 모두 불태워버린다. 따르지 않는 백성들의 집과 전곡을 모두 불태워버린 탓에 굶어 죽는 이가 열에 아홉이었다. 나중에 경상주도의 수로방어별감이 된 송길유는 섬으로 옮길 것을 주저한 군민들을 붙잡아 때려죽이고, 긴 새끼로 사람의 목을 엮어서 물에 던져 죽음에 이르게도 하였다. 저들은 백성이 나라의 근간이라는 사실을 애써 무시했다. 백성들의 마음을 모아야 적들에 맞서 싸울 힘이 생긴다는 사실을 굳이 알려고 하지 않았다. 백성들이 국가의 권위를 두려워하지 않게 될 때 참으로 두려워해야 할 사태가 일어난다는 사실도 망각했다.

백성들에게는 칼을 든 자들 모두가 적이었다. 위도에서도 사정은 다르지 않아서 일부는 고려 관군에 대항하다 몽골 진영으로 투항하기도 하는 혼란상을 노정한다. 그런 와중에 배중손은 병마

사 김방경의 도움으로 몽골군의 손아귀에서 벗어나 군문에 들었고, 김방경의 천거와 보살핌 덕분에 이후 신의군에 배속되어 승진을 거듭했다. 그는 무신들의 연이은 권력 교체의 와중에 도구로 쓰인 신의군 휘하들을 잘 건사하면서 살아남았다. 강화에서 봉기의 깃발을 들었을 때 그는 명실상부한 삼별초의 지도자가 되어 있었다.

그런 그가 지금은 개경 정부군에 대항하는 반란군의 수괴가 되어 있는 것이다. 무모하리만큼 용감하면서도 진중함을 잃지 않았던, 몽골에 대한 적개심이 높았던 사람이었다. 배중손은 한때 은인이었던 김방경과 이제는 사생결단을 앞두고 있었다.

김방경은 어려서부터 성품이 강직하면서도 도량이 넓었던 것으로 알려진 인물이다. 강직하다는 것은 그가 판단하기에 올바르지 못한 어떤 행위자들에게는 추상같았다는 뜻이고, 보이거나 보이지 않는 정적들이 늘어갔다는 뜻이 된다. 같은 적이어서 함께 싸웠던 몽골군을 향해서가 아니라 오히려 몽골군과 함께 같은 고려의 군대인 삼별초군을 상대로 싸워야 한다는 사실에 그는 가슴이 아팠다.

그는 무인 집권자와 가까이했던 적이 없는 무신이었다. 안동 김씨의 좋은 가문에서 태어났으나 음서를 통해 무반직을 얻었던 그는 군직 이외에도 서북면병사사 등의 요직에도 중용되었던 인물이다. 부당한 처사에는 눈감지 않았고 충직했으며 맡은 지역의 군민들에게 선정을 베풀려고 노력했다. 조정과 백성들의 신망이 두터웠다.

몽골군이 나라를 유린하는 상황이 계속되자 금기시되었던 저들과의 유화책이 다시 대두했다. 이장용이 앞장섰다. 원종 1년(1260)에 그는 참지정사라는 재상의 자리에 있었다. 1264년 몽골이 고려에 친조를 요구하였을 때, 무신 집권자 김준이 반대하고 재상 가운데 아무도 나서려 하지 않자 그가 나서서 김준을 설득하고 왕의 친조를 성사시켰다. 그는 고려 문신을 대표하여 몽골과의 화평책을 추구하되 항전을 주장하는 무신 세력과 타협책을 모색하였고, 몽골에 대하여는 고려에 부당하고 과도한 부담을 지우지 않도록 교섭하였다. 그런 이장용이 난국을 헤쳐나갈 인물로 김방경을 추천하였던 것이다.

김방경은 이제 몽골에 맞서 싸우고 있는 삼별초군을 토벌해야 하는 위치에 있었다. 이후 진도와 제주의 삼별초 세력을 토벌한 그는 그 공으로 문하시중의 자리에 오르고 두 번에 걸친 일본 정벌의 지휘관으로도 널리 이름을 알린다. 그 때문에 왕실과 귀족들과 몽골의 앞잡이 홍다구 등에게 견제를 받아 위기에 처하기도 하지만 권세와 장수를 누리다 죽는다.

그러나 당장에는 장기전을 펴고 있는 김방경에게는 도처에 적들이 많았다. 몽골군 진영에서는 사소한 일에도 간섭이 심해서 자존심을 건드렸다. 특히 홍다구는 노골적으로 개경 정부의 관군을 무시하고 조롱했다. 김방경이 보는 앞에서 고려군 장졸 하나를 하찮은 이유로 불러내어 때려죽이기도 했다. 김방경의 군막을 찾은 그를 바로 알아보지 못했다는 게 이유였다. 그의 위세에 짓눌려 아무도 그를 탓하지 못했다. 김방경은 믿을 만한 수하를 남몰래 배중손에게 보낸다. 그가 들려 보낸 서찰에는 풍전등화와 같은 처지에 있는 나라에 대한 염려, 기아와 역병 그리고 전쟁의 참혹함에 고통스러워하는 백성들에 대한 깊은 연민이 가득했다.

그대를 처음 만났던 날이 아득하지만 그래도 비교적 또렷하게 기억 나오. 오래전 위도에서 적진에 사로잡혀 있던, 그러나 두려움 대신 불타는 적개심으로 가득했던 그대의 형형한 눈빛이 상기도 새롭소. 몽골군은 그대에게나 나에게나 반드시 물리쳐야 할 적이오. 국토 곳곳이, 백성들 어느 하나가 성한 곳 없이 저들의 발굽 아래 불타고 유린되어 차마 눈 뜨고 볼 수 없는 참상이 벌써 몇 해째 이어지고 있소.

그대의 휘하에 있는 병사들도 내 휘하의 군사들과 마찬가지로 이 땅의 귀한 아들들이오. 그들의 아까운 목숨을 보전해서 후일에라도 저 몽골군을 이 땅에서 내쫓을 수 있도록 하는 게 그대와 나, 장수 된 자의 가장 으뜸가는 책무가 아니겠소? 그대의 목숨을 내가 지켜줄 수는 없겠으나 그대 휘하의 병사들은 모두 방면하고 관군에 편입시켜 줄 것을 약속하오. 그대 아름다운 이름 삼별초 총관 배중손 장군이여.

배중손은 그의 진심을 믿었으나 흔들리지는 않았다. 적진에 사로잡혀 조만간 뼈가 짓이겨지고 살이 뜯겨 나가서 마침내 늑대의 한 끼 밥으로 내던져질 운명이었을 때 김방겸 장군을 만났다. 고마운 사람이었다. 목숨이 살아 있는 한 그에게 진 빚을 몇 배로 갚을 수 있는 날이 있었으면 하고 바랐다. 그러나 이제 시간을 되돌려 과거로 돌아갈 수는 없었다. 무엇보다 자신의 안전을 자신의 힘으로 지킬 의지가 없다면 어떤 나라도 평화는커녕 존립 자체를 기대할 수 없다는 신념을 그는 갖고 있었다.

그는 진도 삼별초 정부의 실질적인 지도자였다. 그들은 기본적으로 무신정권을 계승한 세력이었다. 그러나 강화의 무신정권은 고려 왕실을 배후로 삼아 집권의 명분을 확보한 반면 진도 정부는 고려 왕실과 결별하고 독자적인 새로운 정부를 수립했다. 왕실의 인척을 왕으로 삼은 것은 백성들의 동요를 진정시키기 위한 고육책일뿐 진도 삼별초는 전혀 새로운 국가를 세우고자 했다. 다만 당장은 살아남는 일이 무엇보다 우선했다. 배중손은 밤에 잠들지 못했고 낮에 음식을 입으로 넘기지 못했다.

윤돈신

그랬으나 배중손은 비참하게 죽고 말았다. 아무것도 이루지 못했다. 윤돈신은 바다 건너 제주로 들어갔다. 혼자서 할 수 있는 일은 없었다. 그곳이 마지막 죽음의 길일 거라는 예감이었으나 마다하지 않았다. 몸을 피했던 이정빈은 남해에서 유존혁 장군을 만났으나 배중손 장군의 서찰은 이미 의미를 잃었다. 원종 12년 (1271) 5월 여몽연합부대에 의해 진도의 용장산성이 함락되고 지도자 배중손이 죽임을 당하고 결국 참패를 당했다는 소식을 접한 유존혁은 고립되지 않기 위하여 남해도에서 80여 척의 전선을 이끌고 제주도에 합류한다. 이정빈은 홀로 진도로 향한다. 그의 손으로 배중손 장군과 정화의 시신을 거둘 수 있다면 그것이 자신의 마지막 소임이라 생각한 까닭이었다. 더구나 그가 믿고 따르던 윤돈신이 궁인 정화에게 남몰래 마음 주고 있는 것을 알았으므로, 어쩌면 붙잡혀 죽었을지도 모르는 윤돈신에 대한 마지막 의리라고도 여겼다.

유존혁은 김통정의 지휘를 받아들이지만 본래 유존혁은 김통정보다 훨씬 높은 직위에 있었다. 그 둘의 부대원 숫자 역시 엇비슷했다. 당장은 삼별초의 군세가 확보되고 항전의 의지를 굳게 하는 계기가 되지만, 그러나 내부에는 항상 작은 틈새가 있게 마련이다.

김통정은 제주에서 새롭게 왕을 내세우지 않기로 했다. 그럴 만한 사람도 없었거니와 구태여 그럴 필요를 느끼지 못했다. 왕은 나라를 평화롭게 다스려야 한다. 백성들을 안전하게 돌보아야 한다. 그것이 가장 큰 책무다. 그런데 지금 제주 삼별초는 몽골과 개경 정부군에 맞서 자신들을 지켜내는 일 이외의 문제를 감당할 여력이 없었다. 한편으로는 고려에서 국왕은 신료들과 공유할 수 없는 초월적 위상을 지닌 존재로 인식되고 있던 영향도 작지 않았다.

태조 왕건의 추대가 천명이라고 믿었으며 그의 후손으로 왕위에 오른 인물들 역시 모두 천명을 받아 국왕이 되었다고 인식했다. 때문에 고려에서는 왕건의 후손이 아닌 다른 성을 가진 인물이 국왕이 되어서는 안 된다는 생각이 널리 수용되었다. 정변으로 권력을 쥔 무신 집정자들이 스스로 왕의 자리에 오르지 않은 까닭이 그러했다. 왕의 권력을 능가했던 최충헌은 명종을 폐한 후 신종을 세웠고, 희종을 폐하고 강종을 세우면서도 왕건의 후손 가운데 국왕을 선택했을 뿐 스스로는 왕위에 오르지 않았다. 강화에서 봉기했던 삼별초도 마찬가지였다. 그런데 진도에서 왕으로 내세웠던 승화후 온과 그의 아들이 죽임을 당했다. 왕으로 내세우고 싶어도 그럴 만한 인물이 남아 있지 않았다.

남해도에서 군사들을 모아 합류한 유존혁의 생각도 김통정과 크게 다르지 않았다. 그는 말했다. 그러나 그럴듯해 보였으나 스스로도 공소했다. 그들은 제주로 쫓겨 들어온 신세였다.

"본래 수달이 많아지면 물고기가 놀라고, 매가 많아지면 작은 새가 근심하는 법이다. 부리는 사람이 늘어나면 백성은 고통스러우며, 위에 바치는 것이 많으면 아랫사람은 가난해진다. 그러하니 우리는 무엇이라도 달라야 하지 않겠는가. 왕을 세우지 않는 것, 백성들 위에 군림하지 않는 것, 각자의 몫을 빼앗지 않는 것, 장차 평화로운 삶을 보장하는 것. 이것이 고려 조정과 다른 우리가 해야 할 일이 아니겠는가."

그른 말은 아니었다. 다만 그것이 가능하려면 중국은 물론이고 일본과도 무역을 재개해서 재물이 넉넉해져야 한다고 그들은 생각했다. 그러나 대륙은 몽골의 손으로 넘어갔다. 일본에는 국서를 두어 번 보냈으나 아무런 응답이 없었다. 나아갈 곳도 물러설 데도 없이 옹색한 처지가 되었음을 그들은 실감했다.

제주에는 토착 세력이 있었으나 김통정은 그들의 행정에 관여할 생각은 없었다. 그들이 삼별초에 맞서지만 않는다면 크게 간섭할 이유는 없었다. 그들은 제주를 다스리기 위해 온 것이 아니었다. 그런 까닭에 김통정의 제주 삼별초가 가장 역점을 두었던 것은 튼튼한 방비와 오래도록 지켜낼 전투를 빈틈없이 준비하는 것이었다. 진도에서는 내륙으로 올라갈 길이 있기라도 했으나 제주는 완벽한 섬이었다. 오래 버틸 자원이 넉넉하지도 않았다. 언젠가는 진도에서처럼 무너질 것이라는 두려움이 없지 않았다. 어쩌면 머지않아 여몽연합군이 제주에 상륙할 것이고, 그렇게 되면 지난번과는 비교할 수 없을 만큼의 참극이 일어나고야 말 것이라는 두려움은 그들에게서 병사들로 병사들에게서 백성들에게 전염된다.

윤돈신은 이정빈과 함께 제주를 벗어나기로 한다. 유존혁 장군이 있던 남해로 가던 길에 붙잡히고 초주검이 되었다가 간신히 도망가 살아났던 곳이 경상 산간지역이었다. 산이 깊고 물이 맑아 훗날을 도모할 천혜의 요새였다. 사람들 인정이 두텁고 침략자 몽골군은 물론 고려 조정의 무능에 분개하는 마음이 깊었다. 일본 정벌을 준비한다고 고려 백성들을 혹독하게 다루는 몽골군의 학정에 그들은 치를 떨었다. 백성이 없는 나라는 나라가 아닐 것이었다. 그 백성의 작은 마음을 모아 힘을 길러 어느 때고 크게 쓰임이 있기를 그는 바랐다. 작은 배를 몰래 내어 뜻 맞는 예닐곱과 함께 바다로 나갔다.

이정빈은 윤돈신과 함께 남해로 갈 때, 후일 때가 이르면 윤돈신에게 전해달라고 당부하면서 건네던 정화의 서찰을 윤돈신에게 돌려준다. 정화의 서찰을 읽다가 윤돈신은 굵은 눈물을 훔친다.

차고 쓸쓸한 계절이 오래도록 우리 곁에 머물고 있습니다. 살아 있는 동안에는 따뜻하고 고요한 날들이 필경 오지 않을 것입니다. 그러하니 아무 일도 없었던 듯 잔인한 상처가 아물 리 없고, 벅찬 가슴을 진정시키며 봄을 맞을 수는 더욱 없을 것입니다. 다만 먼 후일의 일이겠으나 불탄 나무에서도 새싹은 움트고 마른 우물에서도 샘물이 다시 솟아나기를, 그리하여 새로 태어난 아이들이 웃고 울다 떠들며 씩씩하게 자라가기를 바랄 뿐입니다. 그곳에, 그런 세상에 저는 부재할 터이나 당신은 부디 오래 살아 작은 기쁨을 누리소서. *

　이 소설집에 수록한 여섯 편의 소설 중 다섯 편은 우리 현대사의 비극을 조망하고 있는 작품들입니다. 맨 마지막에 수록한 중편소설 「그 밤의 붉은 꽃」은 고려 몽골 침략기의 삼별초 항쟁을 소재로 한 것이니 이 소설집에 실린 중·단편 모두 우리 역사의 가장 고통스러운 사건을 다루고 있지요. 소설집 제호를 『그날들』로 정한 까닭은 누군가는 잊기를 바라지만 누군가에게는 잊히지 않는 비극적 사건을 재구성하고 있기 때문입니다.

　「방어할 수 없는 부재」는 등단작이고 「그 희미한 시간 너머로」는 제1회 5·18문학상 수상 작품이면서 2012년에 발간한 제1회 5·18 문학총서에 수록된 소설이어서 제게는 매우 특별합니다. 두 소설 다 5·18 이후의 다소 비루한 우리 모습을 성찰하는 작품이지요. 「누가 남아 노래를 부를까」는 제1회 부마항쟁기념문학상 우수상을 받은 것이어서 제게는 그 의미 역시 작지 않지요. 본래 제목이 「새로운 시작」이었는데, 소설집에 수록하면서 제목을 바꿨습니다. 「꽃도 십자가도 없는」, 「누가 남아 노래를 부를까」 두 작품은 모두 부마항쟁 관련 소설이고,「얼룩을 지우는 일」은 1948년 여순 사건을 조망하는 작품입니다.

앞에서 소개했듯이 중편소설「그 밤의 붉은 꽃」은 고려 몽골 침략기의 삼별초 항쟁을 소재로 했으나 내 관심은 명분이 어떠하든 전란 속에서 그것을 감당해야 했던 사람들의 고통과 슬픔에 놓여 있습니다. 오래전 제주 여행 때 삼별초 항쟁을 높이 평가하는 내용의 초등학생이 쓴 시를 읽다가 문득 의문이 들었거든요. 역사적 항쟁인 것은 틀림없지만, 삼별초군이 들이닥친 진도와 제주 사람들에게는 느닷없는 재앙 아니었을까, 그런 생각요. 가슴에 오래 머물렀던 의문을 담은 장편소설을 썼으나 세상에 내놓을 기회를 얻지 못해 중편으로 줄여 소설집에 싣게 되었습니다.

이 소설집『그날들』은 2024년 광주문화재단의 지역문화예술육성 지원사업에 선정되어 발간할 수 있었습니다. 특히 푸른사상사에서 기꺼이 출간을 맡아주어 흩어진 말들을 단정한 언어로 묶어낼 수 있었어요. 광주문화재단과 푸른사상사에 깊이 감사드립니다. 많지 않은 저의 독자들께도 따뜻한 인사를 전합니다. 두루 평온하소서.

2024년 7월

심영의

그날들

푸른사상 소설선